羅生門

らしょうもん

芥川龍之介——著

陳嫻若——譯

芥川龍之介小說選

目錄

羅生門

1

某個傍晚，一名僕人在羅生門下等雨停。

開闊的大門下，除了這名男子之外，什麼人也沒有，只是朱漆斑駁的大圓柱上，停了一隻蟋蟀。羅生門位在朱雀大道上，除了這個人以外，本來總該有兩三個戴斗笠的女子或是軟烏帽的男子來這兒避雨，但現在只有他一個。

說到緣由，這兩三年，京都發生了一連串的災難，像是地震、旋風、火災和饑饉。因此，洛中極爲冷清。依據舊日的記載，甚至有人打碎佛像與佛具，將塗著朱漆或貼著金銀箔的木頭堆在路邊，當作柴薪來賣。洛中都這般蕭條了，自然沒有人能顧得上去修理羅生門了。有些生物倒是樂見羅生門荒廢，狐狸來此棲息，盜賊也來落腳。到了最後，人們甚至養成了習慣，把無人認領的屍體，都抬到此地棄置。因此，只要太陽一下山，大家都嫌這兒太陰森，沒人想走近這座門一帶。

相反的，不知哪兒來的許多烏鴉全都聚到此地，白天見時，幾隻烏鴉會在空中迴旋，繞著鴟尾[2]鳴叫。尤其是晚霞燒紅了門上的天空時，牠們就像撒在空中的黑芝麻般清晰可見。烏鴉當然是來啄食門上的屍肉——不過今天也許是時辰太晚，一隻也沒看見。只不過各處快要崩塌的石階，裂縫裡長出了長草，上頭黏著斑斑點點的白色鴉糞。僕人穿著洗到發白的藏青袍子，坐到七段石階的最高段上，一面煩惱著右臉頰長出的大痘子，一面茫然的望著雨。

筆者剛才寫了：「僕人在等雨停」。但是就算雨停了，僕人也不知道該幹什麼好。若是平常，他當然就回主人家去。但是，那位主人在四、五天前把他解雇了。如前所述，當時京都非比尋常的荒涼，現在這名僕人被長年伺候的主人解雇，其實只不過是這

1羅生門：日本平安時代京都的一座城門。
2鴟尾：屋頂魚尾形的脊瓦裝飾。

衰敗的小小餘波罷了。所以與其說「僕人在等雨停」，不如說「被雨困住的僕人無處可去，一籌莫展」還來得適當些。而且，今天天空的狀態大大影響了這位平安時代僕人的感傷。申時之後開始下的雨，現在尚未有停竭的跡象，因此，僕人從剛才便可有可無的聽著雨聲，一面不著邊際思考著如何面對當下的問題——明天的日子要怎麼過下去——換句話說，就是想辦法解決他無能爲力的事。

雨發出沙沙的聲音，自遠而近的籠罩了羅生門。暮色漸漸壓低了天空，一抬頭，門頂斜斜伸出的飛甍，支撐住沉重微暗的雲。

要想辦法解決無能爲力的事，就沒有選擇的餘地了，若還要挑挑揀揀的話，就只會餓死在泥牆下還是路旁的土堆上，然後像條狗一樣被扛到這座門邊丟棄罷了。如果不擇手段的話——僕人的思緒在同樣的軌道低迴數次之後，終於來到這個答案。不過，這個「如果」，終究也只到「如果」就沒了。雖然僕人肯定不擇手段這個想法，但是爲了幫這「如果」加一個結論，就會歸結到「除了當個盜賊，別無他法」但是他沒有勇氣去積極肯定這個結論。

僕人打了個大噴嚏，然後費勁的站起來。在日暖夜寒的京都，已經冷得想抱個火爐取暖了。風與暮色一同，從門柱之間毫不客氣的穿過來。停在朱漆柱上的蟋蟀也早已不知去向。

僕人縮起脖子，聳高穿著鮮黃色短褂與藏青袍子的肩，環顧著門裡門外。因爲他想如果有個處所不用擔憂風雨，也無需顧忌他人眼光，可以安睡一整晚的話，就在這兒姑且渡過一宿吧。於是，他幸運的發現，有一把梯子通到門上的閣樓，梯面寬，而且也塗了朱漆。閣樓裡就算有人，反正也都是死人。僕人緊緊壓住腰間插的木柄刀刀鞘，一面將穿著草鞋的腳，踏上梯子的最下一階。

然後，過了幾分鐘，一個男子像貓一般縮起身，摒住氣息，站在寬面梯子的中段向上張望。從樓上射出的火光，微微照在男子的右臉頰上，臉上留著短鬚，有顆紅色膿包的痘子。僕人一開始以爲樓上最多只有死人。然而爬上兩三階梯子一看，上面有人點起了火，而且那火還不住的晃動。因爲這道混濁黃色的光，搖曳著映照出角落掛滿蜘蛛絲的天花板，所以他立刻察覺到了。在這雨夜，會在這羅生門上點起火，肯定不是等閒之輩。

僕人像條壁虎般，好不容易爬上這陡梯的最上一階。然後他盡可能壓低身體，盡可能的把脖子往前伸，戰戰兢兢的朝閣樓內窺望。

正眼一瞧，閣樓裡果然如傳聞所說，隨意棄置了幾具屍首。火光照射的範圍比想像中小，所以也算不出有幾具。昏黃中只看得出有的屍首衣不蔽體，有的穿著和服。當然，其中有男也有女。這些屍首或是張著嘴，或是伸長手臂，隨意倒在地上，看起來就像是泥土捏的人偶，連他們曾經真的活在世上的事實都令人懷疑。而且，肩膀或胸部等高起的部分，在朦朧的火光一照下，使得凹下的部分更添一層暗影，宛如啞巴似的沉默著。

那些屍首發出的腐爛惡臭讓僕人忍不住掩鼻。但是，下一秒他的手便忘記摀住鼻子了，因爲某種強烈的情緒幾乎完全奪走了這個人的嗅覺。

就在此時，僕人的目光才注意到有個人蹲在那些屍首之間。她穿著檜木皮色的和服，是個個子瘦小，白髮蒼蒼，猴子一般的老嫗。那老嫗右手拿著點火的松木片，審視般的端詳著一個個屍首。看那屍體留了長髮，多半是女屍吧。

僕人在六分恐懼四分好奇的驅使下，一時間連呼吸都忘了。借舊日記者的話說，好像「寒毛都豎起來」了。老嫗把松木片插在地板之間，然後，把兩手放在剛才端詳的屍首頭部，開始將屍首的長髮一根一根的拔下來，那模樣宛如母猴幫小猴抓虱子一般。那些頭髮隨著手脫落下來。

每拔一根頭髮下來，僕人心裡的恐懼便減少一分，而且同時，他對這老嫗強烈的厭惡感卻也一點一點的增加了——不，說他對老嫗的感受也許有語病，不如說，每一分鐘他對世上一切的惡，都更加的反感。這時，如果有人重新向這僕人提出剛才他在門下思索的問題——是餓死好還是當賊人好的話，這僕人很可能毫不猶豫的選擇餓死吧。他對惡的恨意如同老嫗插在地板上的松木片，熊熊的燃燒起來。

僕人當然不知道老嫗爲什麼要拔死人的頭髮，因而他也不曉得合理的爲這事判明善惡。不過，對僕人來說，光是在這雨夜的羅生門上，拔死人頭髮這種事，就是件不可饒恕的罪惡。當然，僕人完全忘了直到剛才，自己還打算當一名盜賊。

因此，僕人兩腿一使勁，猛地從梯子跳了上去，而且他把手按在木柄刀上，大跨步走到老嫗面前。不消說老嫗大吃一驚。

老嫗一見到僕人，便如同彈弓一般跳了起來。

「喝！哪裡去。」

老嫗被屍首絆倒，仍驚慌失措的想要逃跑，但僕人擋住她的去路，如此罵道。即使如此，老嫗還是試圖推開僕人想走。僕人哪能這麼放了她，又把她推回去。兩人在屍首之間無聲的扭打起來。不過，勝負一開始就決定了。僕人抓住老嫗的手，不由分說的將她壓倒在地，她的手腕如同雞腳一般，只剩下皮和骨。

「說，你在這裡做什麼！不說的話，這刀可饒不了你。」

僕人把老嫗甩開，冷不防拔刀出鞘，把鋼刀的銀白色在老嫗面前亮了亮。但是老嫗沒有作聲。她雙手不住的顫抖，大力的喘息，睜大了彷彿快要掉出來的眼珠，卻還是啞巴一般執拗的沉默著。看到此景，僕人才終於清楚的意識到，這老嫗的生死全然操縱在自己手裡。而這種意識讓他先前燃起的仇惡之心突然冷卻了下來，剩下來的只有工作圓滿達成時平靜的得意和滿足。因此，僕人低頭看著老媼，用稍微和緩的聲音說：

「我不是衙門裡的官差，只是剛才經過這座門下的旅客。所以，我沒打算把你綁起來送官處理。只要你老實交代這麼晚了在這上面做什麼就行。」

這時候，老媼的眼睛睜得更大，一眨不眨的望著僕人。那銳利的眼神就像眼眶發紅的禿鷹一般。然後，她那皺紋滿布、幾與鼻子合而爲一的嘴唇，像在嚼著東西似的動了起來。從細瘦的喉頭，可以看到尖尖的喉結上下移動。這時，從她的喉頭發出烏鴉般的叫聲，帶著喘鳴傳到僕人耳裡。

「我拔這頭髮、拔這頭髮，是爲了做成假髮呀。」

僕人感到失望，沒想到老媼的回答如此平凡。失望同時，先前的厭惡隨著冰冷的蔑視湧上了心頭。大概對方也看出他的神色吧，老媼一手拿著剛從屍首頭上搶來的長髮，一面發出蟾蜍般的聲音，含糊的說：

「原來如此啊。拔死人的頭髮，也許是罪無可恕的事。但是，拔頭髮對這裡的死人來說也都罪有應得呀。像現在我拔了頭髮的這女子，生前把蛇切成四寸曬成乾，謊稱魚乾，拿到武官營裡去賣呢。要不是得了疫病死了，現在搞不好還去賣呢。而且，那些武官們稱這女子賣的魚乾味道鮮美，把它買來做做不可少的伙食。我不覺得這女子做的事有多壞，她不賣的話就會餓死，也是無可奈何才這麼做。這麼說來，我也不覺得現在所做的事有什麼錯，如果我不做也會餓死，所以也是無可奈何呀。這女子既然深知人生無奈，也會寬宥我的所作所爲吧。」

老媼說的大致是這個意思。

僕人把刀收入刀鞘，左手按住刀柄，冷冷的聽著。當然，一邊聽，他的右手還不時摳著臉頰上紅腫化膿的大痘子。不過，聽著聽著，僕人心裡生出了勇氣，那是剛才他在門下缺乏的勇氣。而且，也和剛才跳上閣樓，抓這老媼時的勇氣，性質完全相反。僕人不只是不再猶豫於餓死好還是當賊人好，那時這人的心思已經拋開餓死這個可能，幾乎連想都想不到了。

「應該是吧。」

老媼的話一說完，僕人帶著嘲弄的口氣強調。然後他跨出一步，右手不自覺的放開痘子，抓住老嫗的衣領，咬牙似的說：

「那麼，你也莫怪我剝掉你衣服，我不這麼做也是會餓死呀。」

僕人迅速剝下老嫗的衣服，把正想攀住他腳的老嫗粗魯的踢倒在死屍上。他距離梯子口只有五步之遙，於是僕人把剝下的檜樹皮色衣物夾在腋下，一轉眼就從陡梯下到夜的底層。

沒過一會兒，昏死在地上的老嫗從屍堆中坐起裸身，發出似低喃，又似呻吟的叫聲，靠著仍在燃燒的火光，爬到梯子口去，倒掛著發白的短髮，朝門下張望，外面只有黑沉沉的夜。

無人知道僕人往哪兒去了。

——〈羅生門〉，初刊於《帝國文學》[3]，一九一五年十一月號

3日本東京帝國大學（今東京大學）發行的文學雜誌，創刊於一八九五年。

鼻子

說起禪智內供[1]的鼻子，在池之尾可說無人不知。鼻長有五六寸，從上唇上方垂到下巴下，鼻頭到鼻尖一般粗，說起來，就像一條細長的香腸垂掛在臉中央。

高僧年過五十後，從昔日的沙彌，到晉升為內道場供奉的今日，他的內心始終為這個鼻子煩惱。

當然，在表面上，他總是露出不在意的樣子。不只是因為他認為身為堅定信仰來世淨土的僧人，不應該為鼻子而煩心。更重要的是，他不想被外人發現自己在意鼻子這回事。內供在日常的談話中，最怕提到鼻這個字。

內供對此鼻感到苦惱的原因有二，一是因為鼻子太長，十分不方便。首先是用膳時，無法獨自吃飯。獨自吃飯的話，鼻尖就會頂到碗中的飯。於是內供用膳時，總會讓一名弟子坐在膳桌對面，在他吃飯時，用一塊寬一寸長二尺的木板，將鼻子抬起來。但是這麼用膳，不論對抬鼻子的弟子，還是內供自己，都不是件容易的事。某次，來了個中童子[2]代替弟子抬鼻子，結果打噴嚏時手抖了一下，把鼻子掉進了稀飯裡，這件事在當時傳遍了整個京都。——不過，對內供而言，這件事絕不是他煩惱鼻子的主要原因，內供煩惱的是因這鼻子受傷的自尊心。

池之尾城的人都說幸虧有這鼻子的禪智內供是世外之人，因爲平常人若有那種鼻子，哪有女人肯委身於他。其中甚至有人批評，內供就是因爲那個鼻子才會出家爲僧。但是，內供並不因爲自己當了和尚，對鼻子的煩惱就少了幾分。他的自尊心太敏感了，無法被娶親這種結果論給安慰到。故而內供不論是在積極性或消極性上，都試圖恢復自尊心的傷害。

1內供：內供奉的簡稱，於宮內道場侍奉，於天皇齋會上讀經的高僧。
2中童子：寺院內負責雜役瑣事的十二、三歲少年。

內供最先想到的方法，是讓這長鼻看起來比實際短。趁著沒人的時候，他便從各種角度對著鏡子瞧，聚精會神的反覆思索，有時候覺得光是更換臉的位置，還不能放心，不時拄著臉或是托著下巴，耐性十足的攬鏡自視。但是，鼻子看起來從沒有短到讓自己滿意過。有時候甚至越花心思，鼻子卻越顯得長。這種時候，內供就會把鏡子收入箱子，嘆口氣想事已至此，又能如何，然後不甘願的回到經桌，讀起觀音經。

此外，內供也時時注意別人的鼻子。池之尾的寺院經常舉行供僧講經的法會，寺內櫛比鱗次的增建僧房，寺裡的和尚每天都要爲澡房燒水。因而出入此地的三教九流甚多。內供總是耐心的端詳這些人的臉。因爲哪怕能找到一個鼻子和自己相似的人，他都覺得放心。所以，內供的眼睛既看不到藏青的長褂，也看不見白色的短褂，何況橙色的帽子和褐色法衣，他也早已看慣，根本視而不見。內供不看人，專看鼻子——不過，雖然看過鷹鉤鼻，但是內供這種鼻子卻是一個也沒有。一再尋之未獲之後，內供的心裡也漸漸惱怒起來。內供與人說話時，不自覺就會捏起懸掛的鼻尖，年紀老大不小了卻還會面紅耳赤，全都是因爲心裡惱怒造成的。

最後，內供甚至想從內典外典中找出與自己相同鼻子的人物，至少聊以自慰。但是，他遍尋經文也找不到目連或舍利弗有長鼻的記載。當然像龍樹或馬鳴等菩薩的鼻子也很正常。內供聽到別人提起中國，得知蜀漢的劉玄德耳朵長時，心裡想若他長的是鼻子，自己該有多寬慰啊。

內供一方面如此消極的費心，另一方面積極嘗試縮短鼻子的方法，這裡也就不特別提出來了。他在這方面幾乎試過了所有方法，試過煎王瓜來喝，也在鼻子上塗鼠尿，但是，不論怎麼做，鼻子還是依舊五六寸長，懸掛在嘴唇上。

不過，某年秋天，內供的弟子僧趁著幫內供上京城辦事時，向熟知的醫生請教把長鼻變短的方法。那位醫生是從中國渡海來的，當時在長樂寺當供僧[3]。

內供一如往常，表現出毫不在意鼻子的態度，故意按捺著不提試用那個方法。但是另一方面，每次用膳時，他都用輕鬆的口氣對弟子說，造成對方麻煩，自己心裡如何的過意不去，心底當然在等著弟子僧開口說服自己試用那個方法。弟子僧也並非不懂得內

3供僧：供侍奉祀中主佛的僧人。

供的這個策略，雖然有些反感，不過弟子僧對內供想出這策略的一番心思，應該更感到同情吧。於是弟子僧按著內供的預期，極盡口舌之力勸服內供試用此法。內供也一如預期最後聽從了弟子熱心的勸告。

至於這個方法極爲簡單，只要用熱水把鼻子燙一燙，再任人踩踏一番就行了。

寺裡澡房每天都會燒開水。因此，等水一開，弟子僧立刻將連手指都無法碰觸的熱水裝入水壺，從澡房提過來。但是若是直接把鼻子放進水壺，熱蒸氣很可能會把臉燙傷。所以他在木製方盤開了個洞，當作水壺的蓋子，讓鼻子從那個洞伸進熱水裡去。只有鼻子浸在熱水裡的話，便一點也不熱。過了一會兒，弟子僧說：

「差不多燙好了。」

內供苦笑，光是聽這一句話，誰也不會想到是在說鼻子吧。鼻子被熱氣薰蒸之下，如被跳蚤噬咬一般奇癢難耐。

弟子僧在內供的鼻子從方盤洞裡升起來後，兩腳一使勁開始在還冒著熱氣的鼻子上踩踏起來。內供躺下，將鼻子擱在地板上，一面看著弟子僧的腳在眼前上下移動。弟子僧時不時露出同情的神情，俯視著內供的禿頭這麼說：

「您會不會痛？醫生說要用力踩。您會痛嗎？」

內供想搖搖頭表示不會痛，但是鼻子被踩住，腦袋沒辦法隨心所欲的搖動。因此，他抬眼看著弟子僧腳邊皸裂的裂痕，一面生氣的說：

「不痛。」

其實，弟子僧踩在他鼻子發癢的地方，所以不但不疼，還相當爽快。

又踩了一會兒之後，鼻子開始冒出粟米粒的東西。說起來那形狀就像是拔了毛的小雞整隻火烤的模樣。弟子僧見狀，停下腳喃喃自語的說：

「這得用鑷子夾掉。」

內供不滿似的鼓起臉頰，默默的任由弟子僧處置。當然，他並非不明瞭弟子僧的體貼之心，然而即使心裡明白，但看著自己的鼻子被人當作物品處理，還是有些惱火。內供的表情好像正接受不信任的醫生動手術般，不情不願的盯著弟子僧用鑷子從鼻孔裡取出皮脂。皮脂長得像鳥羽的羽根，約有四分長。

不久，鼻子全踩了一遍之後，弟子僧終於鬆了口氣，說：

「再把它燙一遍就好了。」

內供還是板著臉不甚樂意，但依舊照著弟子僧的話做了。

第二次燙過之後，把鼻子升起來一看，眞的不知怎地變短了，看起來與一般的鷹鉤鼻無異。內供搓搓變短的鼻子，對著弟子僧拿來的鏡子，難爲情似的照了又照。

他的鼻子——那個垂到下巴以下的鼻子，不可置信的萎縮了，現在龜縮似的在上唇上方苟延殘喘。整個鼻子斑駁發紅，很可能是被踩踏時留下的痕跡。這麼一來，就不會有人敢再笑他了——內供鏡中的臉看著鏡外內供的臉，心滿意足的眨眨眼。

但是，一天又一天過去，內供的心裡有個隱憂，就是鼻子會不會再度變長呢。因此，內供不論在念經時，用膳時，只要一有空就會伸出手輕輕的摸摸鼻尖，然而，鼻子還是規矩的維持在嘴唇上方，完全沒有往下伸展的跡象。然後，睡了一夜第二天一早醒來時，內供一定先摸摸自己的鼻子。鼻子依舊短小，內供因此感受到多年前完成法華經抄寫之功時輕鬆快意的心情。

然而，過了兩三日，內供發現了一件意外的事實，有位武士因事正好到池之尾的寺院來拜訪時，話沒說幾句，眼睛卻是目不轉睛的瞧著內供的鼻子，那表情彷彿在說他的鼻子比以前更好笑。不僅如此，以前讓內供的鼻子滑進稀飯裡的中童子，只要在講堂外遇到內供時，剛開始還會低下頭忍笑，但漸漸忍耐不住，甚至噗的一聲笑出來。內供有工作指示下法師們去做時，面對面之間，他們都還嚴肅傾聽，但若內供一轉過身，就會聽到嘻嘻的竊笑聲，這種事還不只是一兩次。

內供一開始把它歸因爲自己的臉有了變化，但是，光是這樣解釋似乎無法充分說明。——當然，中童子或下法師笑的原因，一定是因爲他的臉，但是他們的笑法，與過去長鼻時的笑法，有著微妙的不同。如果說不習慣的短鼻，比習慣的長鼻看起來更滑稽，那也就算了。但是，分明還有其他原因。

「以前也不見他們笑得這麼露骨呀。」

內供時不時會停下念誦的經文，歪著禿頭，如此喃喃說道。可愛的內供說這話時，一定會呆呆的瞧著掛在一旁的普賢菩薩像，一面回想四五天前鼻子還長時的情景，鬱鬱寡歡，彷如「今日落魄之人，憶往日榮華」。

遺憾的是，內供缺乏開解這個問題的智慧。

——人的心裡有兩種互相矛盾的情緒。當然，見到他人的不幸，任何人都會感到同情，但是，如果那個人想出辦法克服了不幸時，旁觀者反而會產生某種不痛快的感受。說得誇張一點，甚至他們會期望看到那個人再次落入同樣的不幸。而且還會在不知不覺之間，消極性的對那個人產生敵意。——內供雖然不明原因，但多少感到惱怒，正是因爲他從池之尾僧侶人士的態度，隱約感受到這旁觀者的利己主義。

於是，一天天過去，內供心情越來越壞，動不動一見人就刁難責罵，最後連爲他治療鼻子的弟子僧私下都說：「內供會受到佛祖處罰，不得好死。」尤其是前面提到那個淘氣的中童子，最是讓內供生氣。有一天，傳來尖銳刺耳的狗吠聲，內供若無其事的走到外面一看，中童子正掄起二尺長的木片，追著一隻長毛的瘦狗跑。而且他不只是追，還一邊笑道：「看我打你鼻子、看我打你鼻子。」內供從中童子手中搶過木片，使勁朝他的臉打去。那塊木片就是以前用來提鼻子的木片。

內供反倒惱恨起好不容易變短的鼻子。

後來，某天夜裡，太陽西下後突然起風，塔上的風鈴聲吵得直竄枕邊，而且再加上寒意磣人，年老的內供怎麼睡也睡不著。於是當他在床上翻來覆去的時候，突然發現鼻子莫名癢了起來，他用手摸了一下，發現鼻子沾了水氣，看來也許鼻子在發熱。

——也許勉強把鼻子弄短，因而搞出病來了。

內供用在佛前供奉鮮花的恭敬手勢，壓著鼻子這麼說。

第二天早上，內供和平常一樣很早醒來，寺內的銀杏和橡樹落葉落了一晚上，庭院裡像鋪了黃金一般明亮。塔頂也許是下了霜的關係，雖然還是一大清早，但是塔頂的圓盤發出朦朧的光。禪智內供站在掀開的木格窗邊，深深嘆了一口氣。

就在這時，幾乎已經忘懷的感覺，又再度回到內供身上。

內供急忙舉手摸摸鼻子。手觸碰到的不是昨夜的短鼻，而是過去從上唇上方垂到下巴下方，長達五六寸的鼻子。內供發現鼻子在一夜之間又恢復成原來的長度了。而且同時，他的心情也與鼻子變短時一樣，回到輕鬆快意的感覺。

——變回了這模樣，沒有人會再笑我了吧。
內供在心裡對自己說，一面讓拂曉的秋風吹過他的長鼻。

——〈鼻子〉，初刊於《新思潮》[4]，一九一六年二月創刊號（第四次創刊）

4《新思潮》：日本文學雜誌，初次創刊於一九〇七年。之後曾陸續創刊、停刊十餘次。

仙人

上

故事不知發生在哪個年代，有個在中國北方各城鎮巡迴流浪的街頭藝人，叫做李小二，他是個靠老鼠演戲營生的人，全身的家當只有放老鼠的布袋、裝衣服和面具的箱子，還有個臨時搭建、類似戲台那樣的傢伙。

天氣好的話，他會站在人潮多的十字路口，首先把那舞台背在背上，然後敲著鼓點，對著人來人往唱起曲子來。人們愛看熱鬧，不論大人小孩，一聽到聲響，幾乎所有人都停下了腳步，在他的四周圍成一道人牆。李小二先從布袋裡放出一隻老鼠，讓牠穿上衣服，戴上面具，從戲台的側門上場。老鼠看起來已經習以為常，裝模作樣的把光澤如絲的尾巴甩了兩甩，匆匆忙忙走到戲台中，然後一使勁用後腳站了起來，從花布衣裳下伸出的前腳腳掌帶著淡紅色——這隻老鼠扮演的是接下來雜劇中「楔子」的角色。

於是，觀客中只要是小孩子，一開始便興味盎然的鼓起掌來，大人則不太輕易露出欣賞的表情，不是淡漠的叼著菸管，就是拔拔鼻毛，用輕鄙的眼光瞥著在戲台上周旋的老鼠演員。但是隨著曲子往下唱，穿著錦緞碎布衣的正旦，和戴著黑面具的淨角老鼠陸續從側門爬出來。牠們躍來跳去，一邊隨著李唱的曲兒和夾在其間的念白，做出各種動作。這下子，觀客總算不再裝出冷淡的表情，周圍的人開始吆喝「大聲點！」於是，李小二終於提起勁頭，忙不迭的一邊敲鼓，高明的指揮一眾老鼠。等他唱到最後「沉黑江明妃青塚恨，耐幽夢孤雁漢宮秋」之類的題目正名時，不知何時，放在戲台前的缽裡，已經堆滿了銅錢。

不過，做這種營生餬口，絕不是容易的事。首先，要是雨下個十天半個月，就得餓肚子了。夏天從麥子成熟的時期開始，就照例進入雨季。小衣裳和面具也都在不注意間發了霉。到了冬天，又是颳風又是下雪的，反正生意很容易歇業。這種時候，由於無處可去，李小二就會待在客棧的一角，逗弄老鼠打發無聊，渡過平時難以忍耐的慌亂傍晚。老鼠一共有五隻，他把牠們取名爲自己老父、老母、妻子與兩個行蹤不明的孩子名字。當牠們從布袋裡依序爬出來，縮著身子在沒有升火的房裡踱步，或是輕盈的展開危險的特技，從鞋頂爬上膝頭，一面用南豆籽般的黑眼睛瞧著主人的臉時，即使是早已習於世態炎涼的李小二，有時也會不禁潸然淚下。不過，那也只是有時，再怎麼說，他的心思大多時間都在擔憂明天如何過日子，和壓抑這種擔憂產生的無來由煩悶情緒，大多無暇注意令人憐愛的老鼠。

因爲年歲漸長，身體狀況不好，在賣藝時更加力不從心。一唱到曲調悠揚之處，就會上氣不接下氣，嗓門也不像以前那般清亮。照這狀況看來，何時會發生什麼事都不意外。——這種不安正如同華北的冬天，在這位悲慘的賣藝人心裡，阻擋了一切的陽光和空氣，連苟活下去的心情都毫無轉圜的凋萎了。爲什麼活在世上這麼苦？爲什麼這麼痛苦，卻非得活下去不可？當然，李小二從來沒有試著思考這種問題。但是他覺得這種苦是不公平的。而且，他也無意識的憎恨著讓他吃這些苦的傢伙——雖然那傢伙究竟是誰，李小二也不知道。也許他莫名反抗的心理就是源自於這種無意識的憎恨。

但是，話雖如此，李也和所有東方人一樣，在命運之前，並不介意屈服於它。在客棧裡度過風雪的一天時，他雖然肚子空空如也，但還是對五隻老鼠這麼說：「忍忍吧，老子我也在忍受著饑寒。反正既然活著，當然就得吃苦。而且你們哪知道，人類比老鼠吃的苦多多了……」

中

那是某個寒冷的下午，積雪密雲的天空，不知何時夾帶著冰霰下起雨來，窄小街道的泥濘沒至小腿肚，李小二正好賣完藝回來，照例把裝了老鼠的布袋扛在肩上，可悲地忘了帶傘，一身落湯雞似的走在市郊無人往來的路上時，看見路旁有座小廟。正好雨下得更大了，李小二聳起肩膀走著，雨滴從鼻尖上垂落下來，水從衣襟往裡流，正愁得不知如何是好，所以李小二一看到廟，便不由分說地跑到廟簷下。先拂去臉上的水，再把袖子擰了擰。這才定下神來抬頭看了看匾額，上面寫著「山神廟」三個字。

從入口的石階拾級而上，門虛掩著，看得見裡面。裡面比想像中更小，正面有一尊金甲山神像，在蜘蛛絲的塵封中呆呆的等著日落。神像的右邊有一座判官，但沒有頭，不知是誰惡作劇。左邊有一座小鬼，綠面紅髮，面目猙獰，不巧的是祂少了個鼻子。神像前滿布灰塵的地面，堆了一疊東西，大概是紙錢吧。他是從金紙和銀紙在昏暗中發出模糊的光判斷的。

李小二看清楚廟內之後，便想將視線轉到屋外，就在這個時候，從紙錢堆裡面跑出一個人來。其實，他可能從之前就一直蹲在那兒，但直到此時，李小二眼睛習慣了昏暗才看到他吧。不過，對李小二而言，那人就像是突然從紙錢中蹦出來一般。因此，他吃了一驚，露出戰戰兢兢、想看又不敢看的表情，悄悄的窺看那個人。

他穿著髒兮兮的道袍，頭頂像個鳥窩，是個寒磣的老頭。（哈哈，他是個乞丐道士吧——李小二這麼想）。老人兩手抱著瘦削的膝蓋，留著長鬍子的下巴靠在膝蓋上。他雖然睜著眼睛，卻不知道在看哪裡。從道袍肩頭濕透的樣子看來，他也遇到了這場雨。

李小二看到這老人時，有種必須與他寒暄的感覺。一是因爲老人淋得像隻濕老鼠，讓他動了幾分同情。另一點是因爲，在人情世故上，他不知何時養成這種時候應該自己先開口的習慣。又或者，他只是試著努力忘記一開始害怕的心態。因此，李小二這麼說：

「這天氣眞傷腦筋哪。」

「是啊。」老人把下巴從膝上抬起來，這才朝李小二看了一眼。他誇張的動了動如鳥嘴般彎曲的鷹鉤鼻，聚攏著眉間看著李小二。

「像我這種買賣的人，沒有比下雨更令人發愁的事了。」

「哦哦，您做的是什麼買賣？」

「指揮老鼠，讓牠們演戲。」

「這可眞少見。」

於是，兩人就這麼三言兩語的聊起話來。老人也從紙錢堆中出來，與李小二一起在入口的石階上坐下。所以這會兒，他可以把老人的面貌看個清楚。老人形容枯槁的模樣尤甚剛才見時，即使如此，李小二還是當作找到了一個很好的聊天對象，把布袋和箱子放在石階上，用同輩的口氣，天南地北的聊起天來。

道士看起來寡言，幾乎完全不回應。最多只用沒牙的嘴，像咀嚼空氣般說：「原來如此」或是「是呀」。根部變得髒污泛黃的鬍鬚，也隨著嘴巴的運動上下移動——那模樣說多難看就有多難看。

李小二覺得，與這位老道士相比，自己不論在哪個方面，都是生活上的勝利者，這種自覺當然不是什麼愉快的感覺，但是，李小二在感覺的同時，對自己勝出這件事，對老人產生了莫名的歉意。他之所以把話題轉到生活困難，故意誇張自己生活上的困苦，完全是因爲這種歉疚的心情讓他煩躁的關係。

「眞的是叫人欲哭無淚啊，經常一頓飯也沒吃，就這麼捱過一天。最近我也深深覺得『本以爲是自己指使老鼠表演，掙口飯吃。但是其實搞不好是老鼠指使我做這門營生，掙口飯吃。』實際上就是這麼回事。」

李小二一時沮喪，連這種事都說了。不過，道士還是一如往常的沉默不語。這反應令李小二的神經比之前更加緊繃。（這位師父對我說的話，一定有什麼偏見吧。早知道就別說那麼多，閉嘴待著就好了）——李小二暗暗自責，然後偷偷瞥過眼去，端詳老人的容貌。道士把臉背向李小二，凝視著廟外大雨中的枯柳，一面不時抓抓頭髮。雖然看不到他的臉，但老人似乎看透了李小二的心思，不想搭理他。這麼一想，李小二多少感到不悅，但是他更不滿的是自己的同情受到了阻礙，於是這會兒他又把話題轉到今天秋天的蝗災。希望從這地方遭受的災難，證明農家普遍的貧困與老人的窘境。

說到一半時，老道士把頭轉向李小二，層層堆疊的皺紋中，肌肉有些緊繃彷彿像在忍住笑意。

「你好像在同情我呀。」老人說完，再也忍不住似的放聲大笑，那笑聲像是烏鴉的叫聲，尖銳又粗嘎。「我並非錢財困窘之人，若是你想要，我可以幫助你的生活。」

李小二被打斷話頭，頓時呆住了，只是茫然的注視著道士的臉。（這老頭瘋了）

——靜默了好一會兒之後，才終於升起了這樣的反思。但是，這番思緒立刻被老道士下一句話給打亂了。「如果一千鎰[1]或兩千鎰黃金就足夠的話，我現在就能給你。其實我並非凡人。」於是，老人簡略的說起自己的經歷。他原本是某個市場裡的屠夫，偶然遇到了呂洞賓，向他學了道。說完之後，道士緩緩站起來，走進廟裡，一手向李小二招了招，又用另一手把地上的紙錢聚攏在一起。

李小二像是失去知覺的人，傻楞楞的爬進廟裡。兩手撐在滿是老鼠屎和灰塵的地面，平伏著身體，抬起頭仰望道士的臉。

道士艱難的伸直彎下的腰，兩手捧起地上聚攏的紙錢，然後用手掌揉一揉，連忙將它撒在腳下，這時金銀落在地下，發出「鏘鏘」的聲音，蓋掉了廟外的寒雨聲——老人撒落的紙錢，在離手的剎那，突然變成了無數的金幣和銀幣……

在這片錢雨中，李小二始終趴在地上，呆呆的仰望著老道士的臉。

1 鎰：漢代以前計算重量的單位，又稱金，通常二十四兩為一鎰。

下

李小二成了媲美陶朱公的巨富，若是偶爾有人懷疑他遇到仙人的說法，他就會把當時老人寫給他的四句詩拿出來給他們看。遺憾的是，很久以前在某本書上看到這個故事的作者，記不得這四句話了。所以筆者將中文的大意翻譯成日文寫下來，附在故事結尾。但是，據說這是李小二問仙人爲何要扮成乞丐時得到的回答。

「人生有苦應享樂，人間有死方知生，脫離死苦多鬱悶，仙人不如人死苦。」

也許仙人懷念人間的生活，所以才特地四處遊歷尋找苦難吧。

——〈仙人〉[2]，初刊於《新思潮》，一九一六年八月號

2〈仙人〉：芥川寫有兩篇名為〈仙人〉小說，此處收錄第一篇，第二篇則發表於一九二二年。

芋粥

這故事大約發生在元慶末年，還是仁和初年[1]的時候吧。不管是哪一年都行，反正時代在這個故事裡並不是重點，讀者只要知道這故事發生在平安時代那個遙遠的從前就行了。——那時候，侍奉攝政藤原基經的武士當中，有一名五位官叫做某。

我本也想寫出他的來歷、姓字名誰，而不是稱他爲某。但是不巧舊書裡並沒有記載。很可能此人太過平凡，沒有記載的資格。大抵上，舊書的作者等人物，對於平凡人和故事，都沒有太多興趣。在這一點上，他們與日本自然派的作家大不相同。出乎意料，王朝時代的小說家並不是閒人——總之，在侍奉攝政藤原基經的武士當中，有個叫

1元慶為西元八七七到八八五年，仁和為西元八八五到八八九年。

某的五位官。他就是本故事的主角。

五位是個其貌不揚的男子，第一，他個子矮，而且紅鼻子、八字眼，鬍子當然也稀疏。雙頰凹陷，下巴異常尖細，嘴唇嘛——一一細數的話，恐怕是寫不完了。總之，我們五位的相貌，就是那麼非凡的窩囊。

這個人從何時開始，又爲什麼會來侍奉基經大人，沒有人知道。只不過可以確定的是他很久以前，就穿著同一件褪色的短褂，戴同一頂乾癟的軟烏帽，日日周而復始，不厭其煩的做著同一份差事。結果就是，現在不論誰看到他，都不認爲他曾經年輕過（五位已經四十有餘）。相反的，大家都以爲他從出生起，就頂著那個看起來冷颼颼的紅鼻和徒具形狀的鬍鬚，在朱雀大路上喝西北風。上自主人基經，下至牧牛的小童全都無意識的對此深信不疑。

這種長相的仁兄受到周圍的待遇，實不必多加贅述吧。侍衛營裡的同僚對他的關注幾乎可比一隻蒼蠅。有品級無品級加起來近二十名下吏，對他的進出更是不可思議的冷淡。即使五位與他們攀談，其他同僚也不會停下閒聊。對他們來說，五位的存在就如同看不見的空氣，不用遮眼也看不見。既然連下吏都這麼待他，其他像長官、侍衛營裡的頭頭根本沒把他看在眼裡，也是極自然的事。他們面對五位時，冷淡的表情後面隱藏著孩子氣似的無意義惡意，即使要說什麼，也都以手勢敷衍過去。人類創造語言並非偶然，因而他們時常也會遇到用手勢溝通不了的事，但他們認爲那是五位的悟性欠佳。因此，當他們沒辦好事情時，就會把這五位從歪軟烏帽到快破的草帽，從上到下來回打量一遍，然後用鼻子嗤笑一聲，突然轉身而去。即使如此，五位也不生氣，他就是這麼個窩囊、膽小，感覺不到一切不公不義的人。

但是，營內的武士同僚卻打算變本加厲的愚弄他。年長的同僚拿他土裡土氣的儀表作文章，宛如說什麼老笑話。年輕的同僚也藉此機會，練習所謂插科打諢的工夫。他們當著五位的面，對他的鼻子、鬍髭、軟烏帽和短袿品頭論足。不僅如此，他五六年前離婚的戽斗老婆和傳聞與其有染的酒肉和尚，也屢屢成爲他們的話題。而且他們極盡挖苦嘲諷之能事，無法一一列表於此。不過，只要提到他們喝了竹筒裡的酒再把尿裝進去的行徑，其他的事也就可想而知了。

但是，五位面對這些揶揄渾然不覺，至少在旁人的眼裡，他顯得毫無知覺。不論別人說什麼，他從來沒有變過臉色，僅是默默撫著他那稀薄的髫髭，照章行事而已。只是當同僚的惡作劇太過火，像是在他的髮髻貼紙片，把草鞋綁在刀鞘上時，他才會露出不知是哭是笑的臉，說：「別這樣啊，各位大人。」看到他那表情，聽到他這句話的人，一時間無不覺得同情可憐（遭到這些人欺負的，不只這位紅鼻的五位而已，他們所不認識的某人——某些人都藉著五位的表情和聲音來責備他們的冷血）——因爲就這一瞬間，他們心裡也會留下這種含糊的情緒，只是甚少人能將這種情緒持續下去。這些少數人中之一，有一位沒有官階的侍衛，這位青年來自丹波國，也在鼻下留著稀薄柔軟的髫髭。當然，剛開始時他也和眾人一樣，毫無理由的鄙視五位，但是，某天某時，他聽到五位「別這樣啊，各位大人」之後，那個聲音便在腦中盤旋不去。從那天開始，在他眼中五位成了截然不同的人。因爲從五位缺乏營養、蒼白呆滯的臉上，可以窺見受世人迫害欲哭無淚的「人性」。這名無官階的武士每當想到五位，就覺得世間的一切突然暴露出原本的低劣。與此同時，五位寒磣的紅鼻與稀薄的髫髭莫名帶給自己心裡一絲安慰。

但是，這種情緒只限於他一人，除卻這種例外，五位還是依舊必須在周圍的輕鄙中過著狗一般的生活。首先，他沒有一套像樣的衣服，只有一件藍灰色的短褂與同色的褲子，但是現在褪了色，變得既不是藍也不是藏青的顏色。而且短褂還只是肩頭稍微鬆垮，圓繩帶與菊飾變了色，但是褲子褲緣處的破爛更是非比尋常，看到從褲裡伸出沒穿裡褲的細瘦雙腳，即使是刻薄的同僚，也都會升起不忍目睹的心情，聯想起拉著窮酸公卿車子的瘦牛步伐。還有他佩的刀也相當不牢靠，不但刀柄的金屬配件似是假貨，黑鞘的漆也開始脫落。這位紅鼻五位就因爲拖著邋遢的草鞋，在寒冬中駝著背走著小碎步，似在尋找什麼左右張望，難怪連大街上來往的賣貨郎都看不起他。現在又發生了這樣的事……

有一天，五位從三條坊門往神泉苑方向走時，六七個孩童聚在路旁不知在看些什麼。五位心想，大概是在打陀螺吧，便上前觀看。結果那些孩子竟然在獅子狗的脖子套上繩子，肆意毆打。五位一向膽小，以前就算遇到什麼令他同情的事，他也因爲顧忌四周，而不敢將同情表現在行爲上。但是，此時因爲面對的是孩童，他湧出了幾分勇氣。

於是他盡可能堆出笑容，拍拍年長孩子的肩，說：「你們就饒了牠吧，這麼打狗，牠也會痛哪。」那孩子回過身，吊著眼輕蔑的朝五位上下打量。換句話說那孩子看他的神情，就像侍衛營長官與他溝通不了時的樣子。「不用你多管閒事！」那孩子往後退了一步，噘起傲慢的嘴說。「你這紅鼻子，什麼玩意兒。」五位感覺這句話重重打了自己一巴掌。但是，那並不是因爲遭人怒罵，所以惱羞成怒，而是五位覺得自己說了不該說的話，丟人現眼，無地自容罷了。他苦笑著掩飾自己的窘態，默默的繼續往神泉苑方向走去。六七個孩童肩併著肩的站在後面，對他使白眼、吐舌頭。當然五位並不知道，就算他知道了，對沒出息的五位來說，又能怎麼樣……

那麼，難道這個故事的主角生來就是爲了遭人輕蔑，從來不抱任何希望嗎？並非如此。五位自五六年前開始，便對芋粥這道食物異常執著。芋粥指的是將山藥切開，以甘葛湯來熬煮的粥。當時的人視它爲無上的美味，上至萬乘君主的御膳中，都有它的存在。因而，像咱們五味這等人，也只有每年一度新年宴時，才有機會喝到。即使喝得到也非常少量，僅能沾喉而已。因此，從很久以前，飽嘗一頓芋粥，就成了他唯一的欲望。當然，他從來沒有對任何人說過這件事，或許應該說，連他自己都沒有清楚的意識到，那是他窮其一生的欲望吧。事實上，就算是說喝芋粥是他活著的目的，也錯不到哪兒去。——人有時候會爲了不知滿足或不滿足的不明欲望獻上一生。笑其愚痴者畢竟都只是人生的過路人。

但是，五位夢想的「飽食芋粥」竟然意外簡單的實現了。寫下這段過程就是芋粥這篇故事的目的。

某年正月二日，基經府內有所謂臨時客的宴會（臨時客爲攝政關白家邀請大臣以下公卿舉行的饗宴，與二宮的大饗同一天舉行，與大饗並無不同），五位也混在外面的侍衛中，一同分享殘羹剩肴。當時還沒有將剩菜分給僕役的習慣，剩菜就由該府的侍衛聚於一堂分食之。雖然臨時客宴與大饗無異，但畢竟是很久以前，菜品雖多，菜色卻僅是

一般。如麻糬、伏菟、蒸鮑、雞肉乾、宇治的冰魚、近江的鯽魚、鯛魚乾、鮭魚卵、烤章魚、大蝦、大柑子、小柑子、橘、柿串等類，不過其中還有前面提到的芋粥。五位每年都期待著這道芋粥，不過不論何時都很多人，自己只能喝到一點點。今年尤其少，不過不知是不是心理作用，感覺今天的味道特別好吃。因此，他眼巴巴的瞧著吃完的碗，用手掌拭去沾在鬍髭上的殘汁，自言自語的說：「不知道什麼時候才能飽餐一頓啊。」

五位語音未落，便有個人嘲笑道：「大夫大人，看來您沒有飽食過芋粥啊？」

那是個低沉沙啞，悠然自得的武人聲音。五位抬起彎駝的脖子，膽怯的朝那個人看去。說這話的人是當時同樣侍奉基經的民部卿[2]時長之子藤原利仁。他是個虎背熊腰、魁梧高大的壯漢，一面嚼著烤栗子，一杯又一杯的喝著黑酒，已經相當醉的樣子。

「眞可憐哪。」利仁看到五位抬頭，用夾雜著輕蔑與憐憫的聲音繼續說道：「若您願意的話，利仁可讓您飽餐一頓。」

一隻老被欺負的狗，就算是偶爾給牠一塊肉，牠也不會輕易靠近。五位照例露出不知似笑似哭的笑臉，看看利仁的臉又看看空碗。

「不願意？」

「……」

「怎麼樣？」

「……」

五位感覺到眾人的眼光都集中在自己身上。只要他一回答，必定又要受到所有人的嘲笑。或者，不論他怎麼回答，最後都會被他們瞧不起，他猶豫著不知如何是好，如果那時候，對方沒有不耐煩的說：「如果不願意的話，在下也不勉強，」五位大概會一直交互看著利仁和碗吧。

他一聽此話，慌忙回答：「承……蒙大恩，不勝感激。」

聽到這段問答的人，無不啞然失笑，甚至還有人模仿五位的口氣：「承……蒙大恩，不勝感激。」許多軟烏帽和立烏帽隨著笑聲，在盛滿橙黃橘紅的高矮杯盤上，如波

2民部卿：執掌民部的長官。

浪般流動。其中笑得最開懷大聲的，是利仁自己。

「那麼，過幾天敬邀大駕。」利仁說到這裡，臉上皺了一下，因爲湧上來的笑聲與剛才喝下的酒在喉頭衝到一塊兒。

「……那就說定嘍。」

「不勝感激。」

五位紅著臉，結結巴巴的重複剛才的回答。眾人這次不用說當然又笑了。而故意再次提醒，引五位說此話的利仁，更是哄笑得更大聲，連寬闊的肩膀都晃動起來。這位朔北的野人對生活只有兩種體悟：一是喝酒，一是大笑。

但是，所幸談話的重心不久便轉移到他處，可能是因爲眾人的注意力都集中到這位紅鼻五位的身上，即便是嘲弄也讓外場的同僚不滿的關係。總而言之，話題轉了又轉，酒菜所剩不多時，某位侍學生[3]說起兩腳套入一張行縢[4]騎馬的話題，吸引一眾的興趣。唯獨五位一個人彷彿充耳不聞，可能芋粥二字完全占滿了他的思緒吧。連烤雉雞放在他面前，他都沒有動筷，有人斟了黑酒，他也未曾沾唇。他只是把雙手放在腿上，像個未經世故的姑娘家去相親，連快要霜白的鬢邊都發紅脹熱，一味的呆望著已經見底的黑漆碗，痴痴的微笑……

四五天後的上午，有兩個人靜靜的騎著馬，沿著加茂川河邊往粟田口的道路前進。一人穿著深藍色長褂與同色的袴，佩帶金銀打造的太刀，是個「留著絡腮鬍」的漢子。另一個則是寒酸的灰藍色短褂外，只有兩層薄棉上衣的四十開外武士。不論是他繫帶邋遢的模樣，還是紅鼻和鼻孔附近被鼻涕沾濕的模樣，都可看出全身上下說有多寒酸就有多寒酸。雖然兩人的馬前爲月毛，後爲蘆毛的三歲馬，都是路上的販夫武士會回頭看的名馬。後面另有兩人跟在馬的後面隨行，他們必定是背箭矢的僕人與侍衛。——不

3侍學生：在宮中兼任護衛的書生。
4行縢：古人騎馬時穿戴在腿上的毛皮，通常左右各一片。

用說他們自然是利仁與五位一行人。

雖然是冬季，卻是寂靜晴朗的一天，潺潺河水流過發白的河灘石塊間，枯立在水邊的艾草靜止不動，連一絲風也沒有。臨河的矮柳枯枝，在絲滑如飴的陽光照射下，樹梢上的鶺鴒尾羽的顫動在街道鮮明的落下影子。東山蓊鬱的綠意上方，赤裸裸的露出結了霜的焦黃色天鵝絨般肩頭，大概是比叡山吧。兩人在眩目的陽光反射出馬鞍螺鈿中，並不催馬，而是悠哉的往粟田口前進。

「請問大人，您這是要帶在下到何處去？」五位生疏的操縱著馬轡，一面說道。

「就在前面，並不太遠，您不用擔心。」

「那麼，是在粟田口邊嗎？」

「您先這麼想就好。」

利仁今早來找五位，說東山附近有個湧出熱泉的地方，邀他一同前往。紅鼻子五位沒想太多便答應了。他很久沒洗澡了，全身發癢了好一陣子。如果享用芋粥大餐之後還能洗個澡的話，那眞是夢寐以求的享受。他這麼想著，跨上了利仁預先牽來的蘆毛馬。但是並轡而行來到此地，利仁怎麼看都不像是準備到這附近。就在一轉眼間，馬已過了粟田口。

「不是粟田口嗎?」

「還要再走一點。」

利仁臉上雖然帶著微笑，卻刻意不看五位的臉，靜靜的縱馬而行。兩側的人家漸漸稀少，現在只見到在廣闊的冬日田地上捕食的烏鴉。殘留在山陰的雪色帶著朦朧的藍色。雖然天氣晴朗，但是山漆樹梢尖銳地刺向天空，看得人眼睛發疼，不覺頓生寒意。

「那麼是在山科那一帶嘍。」

「這兒就是山科，還要再過去一點兒。」

原來如此，這一問一答間，他們已經過了山科。不只如此，不知不覺的，也已把關山拋在身後，過了中午時分，終於來到三井寺前。三井寺有位利仁交好的和尙，兩人便去拜訪他，在那兒用了午餐。飯後，又上馬急馳。一路上比起來時路更加人煙稀少。尤其那個時代四處盜匪橫行，動蕩不安——五位的背駝得更低，仰面望著利仁的臉問：

「還要往前嗎？」

利仁只是微笑，露出孩子搗蛋被抓到時，對大人促狹的微笑。鼻頭擠出的皺紋，眼角堆疊的魚尾紋，都像在猶豫著該不該笑出來。終於他這麼說：

「其實呢，我打算帶閣下到敦賀去。」利仁一邊笑著，一邊舉起馬鞭指向遠空。馬鞭下方，近江的湖水在午後的陽光反射下粼粼生光。

五位大爲慌亂。

「您說的敦賀，是越前的敦賀嗎？那個越前的——」

平日他即有耳聞，利佐是敦賀人士藤原有仁的女婿，所以大多住在敦賀。但是，直到剛才，他一點兒都沒有想到，利仁竟是要帶自己到敦賀去。第一，越前國相隔千山萬水，只帶著兩名隨從，如何能平安到達呢。況且，這陣子各地頻有傳聞往來旅人遭盜賊殺害——五位哀求似的看著利仁的臉。

「這是從何說起啊，本以爲到東山，結果到山科，以爲是山科，卻到了三井寺，最

後竟然是越前的敦賀，到底是怎麼回事呢。若是一開始直說的話，我可以帶幾個下人

——敦賀，這是從何說起呀。」

五位哭喪著臉自言自語的說。如果不是有「飽食芋粥」在鼓舞他的勇氣，恐怕他會就此辭別，獨自回京都去了。

「利仁一夫當關，萬夫莫敵，路上的安危你放一百二十個心吧。」

利仁看到五位的狼狽狀，略略蹙起眉頭譏笑道。然後叫來僕役，把他帶來的箭筒背在背上，再接過黑漆大弓，放在馬鞍上，一步當先催馬前進。到了這步田地，懦弱的五位也只能盲從利仁的主意，除此之外別無他法。於是，他憂心忡忡的張望著周遭荒涼的原野，一面在嘴裡喃喃念著記不全的觀音經。他的紅鼻磨蹭著馬鞍的鞍橋，依然由著馬踏著不確定的步伐踽踽前進。

蒼茫的枯葦掩蔽了馬蹄迴響的平野，各處的小水窪冷冷的映照著藍天，令人懷疑整個冬日午後會就此凍結。遠方盡頭的連綿山脈，也許因爲在背陽面，沒有殘雪閃耀晶瑩的光，形成了一條長長的暗紫色帶，連這些都被蕭條的幾叢枯芒所掩蓋，遮蔽了兩名隨

從的視線。——這時，利仁突然回過頭，對五位說：

「那兒來了個使者，請他帶個信到敦賀吧。」

五位聽不明白利仁說的意思，戰戰兢兢的朝那弓指的方向看去，但那個地方哪裡有人，只見一隻狐狸暖色的毛皮沐浴在西傾的陽光中，晃晃悠悠地走在野葡萄之類藤蔓纏繞的灌木叢中。突然間，狐狸慌忙縱身而起，拚命的急奔而去。原來是利仁響起馬鞭，策馬往狐狸的方向追去。五位也忘我的跟在利仁後面。兩名隨從自然也不敢落後。馬蹄踢石的喀喀聲劃破了曠野的寂靜，不久便見利仁停下馬，不知何時已抓住狐狸的後腳，倒懸著掛在馬鞍旁。定是利仁將狐狸逼到再也跑不動時，將牠趕到馬下，再一舉成擒的吧。五位趕緊抹去薄髭上的汗水，好不容易才將馬騎到利仁身旁。

「喂，狐狸，你聽好。」利仁把狐狸高高舉到眼前，裝出煞有其事的聲音說道：「你今晚到敦賀利仁府去，告訴他們：『利仁現今正攜客同行。明天巳時許派人到高島附近迎接，並且牽兩頭上了鞍的馬來。』聽懂了沒有，可別忘了。」

語畢同時，利仁手一揮，便把狐狸拋到遠處的樹藤中去。

「呀，跑啊、跑啊。」

兩名隨從這時才趕上來，瞧著狐狸逃走的方向，拍手呼叫。那隻色澤如同落葉的獸背在夕日中，也管不了樹根或石塊，只是一個勁兒的死命奔跑。從他們一行人所在之處，看得一清二楚，因爲在追逐狐狸之中，不知何時他們已經來到曠野中與乾涸的河床合而爲一的緩坡上方。

「好驚人的使者啊。」

五位不覺流露出單純的欽佩與讚嘆聲，他像是現在才認識一般，仰望著這個任意指使狐狸的豪放武人。他現在沒空去思考自己與利仁之間有多大的差距，只是強烈的感覺受利仁意向指使的範圍如此寬廣，而自己包容於其中的意志也會更爲自由。——奉承可能就是在這種時候自然產生的吧。讀者未來就算從紅鼻五位的態度中發現拍馬逢迎的氣息，也不可妄加懷疑此人的人格。

狐狸被拋出後，連滾帶跑的下了斜坡，靈巧的從乾涸河床的石塊間跳過，然後使勁的衝上對面的斜坡。一面往上跑還一面回頭看，逮著自己的那一行人，還站在遠遠的斜坡上並駕而立。他們看起來已如合攏的手指般小。尤其是暮光中的月毛與蘆毛，站在含霜的空氣中，如畫一般清晰的浮凸出來。

狐狸轉過頭，如風般跑進枯芒之中。

一行人一如預計於翌日巳時許到達高島附近，此處是琵琶湖圍的小村莊。天氣不似昨日，沉雲密布的天空下，零星散布著幾戶茅草屋，岸邊松樹間蕩漾著灰色漣漪的湖面，如同忘了磨亮的鏡子，顯得十分蕭索。——來到此處，利仁轉過頭對五位說：

「大人請看，幾個人來接我們了。」

一抬頭，果如所說，二三十名家丁有的騎馬，有的徒步，牽著兩匹上了馬鞍的馬，所有人的短褂袖在寒風翻飛著，從湖岸松樹間，朝一行人急行而來。不久，來到近前時，騎馬的漢子慌忙下了馬，徒步的漢子蹲踞在路旁，每個人都恭恭敬敬的等待利仁。

「看起來那隻狐狸當眞來報信了呢。」

「那種天生就會幻化的獸類，這點小事不算什麼。」

五位與利仁談話時，一行已來到家丁敬候的地方。「辛苦了。」利仁一開口，蹲踞的家丁連忙站起來，接過兩人的馬繩。頃刻間，大夥熱鬧起來。

「昨晚發生了一件離奇的事。」

兩人下了馬，正打算在毛皮上坐下來時，一名穿著褐色短褂的白髮家丁走到利仁面前這麼說。「什麼事？」利仁把家丁帶來的酒筒和食籠，招呼五位享用時，朗聲問道。

「是這樣的。昨晚戌時剛過，夫人突然失去意識，嘴裡卻說：『我乃阪本之狐也，今天特來此地傳達大人交代之事。仔細聽好了。』。於是眾人趨前聆聽時，夫人又說：『大人如今與客人同行，正往府邸而來。明日巳時許，眾家丁到高島附近迎接，並且牽兩匹上了鞍的馬來。』傳達了您的旨意。」

「這眞是離奇啊。」五位仔細的看看利仁的臉，又看看家丁的臉，附和的說了兩人都滿意的話。

「她說的不只是這些，而且還害怕的打起哆嗦來，不住的哭著說：『千萬不可遲到。遲到的話，大人可會責罰我。』」

「後來怎麼樣了？」

「後來夫人不省人事，便去歇下了。我們一眾出門的時候，她還沒醒呢。」

「您覺得如何？」聽完家丁的話，利仁看著五位得意的說：「在下連野獸也能使喚。」

「只有驚嘆二字而已。」五位抓抓紅鼻子，頻頻點頭，然後刻意張嘴表示嚇得不淺。鬍髭上還沾了剛才喝的酒。

那天晚上，五位在利仁府邸的一間房裡，可有可無的望著燈台上的燈，藉此度過漫長的無眠夜。傍晚到達此地前，與利仁和其隨從說說笑笑，越過松山、小河、枯野，以

及草木樹葉、石頭、野火的煙味，都一一浮現在五位的心中。尤其是天色漸暗的暮靄中，終於到達此府，看到長櫃裡升起的炭火紅焰時，如釋重負的心情——但現在這麼躺著時，又覺得那種心情好像已是十分遙遠的事。五位穿著四五寸厚棉的黃色直垂長衫，舒服的伸展雙腳，一面出神的看著自己的睡態。

直垂長衫下穿著利仁借給他的兩件淡黃色厚棉衣，不知怎地，光是這樣就暖得快要出汗的地步。再加上晚飯時喝了一杯酒，醉意也助長了暖意。儘管枕邊的木窗外，大院裡結了霜，但是在如此的醺然醉意中，一點也不覺得冷。所有的事與待在京都自己房間裡相比，猶如雲泥之別。然而，儘管如此，咱們五位的心裡，還是有些莫名不協調的不安。首先，他翹首期盼著時間快點過去，但同時，又不願天亮——吃芋粥的時間那麼早到來。於是，這兩種矛盾的情緒相互衝擊的結果，因爲境遇劇烈變化而產生的不安情緒，就像今天的天氣，微寒的牽動著情緒。所以難得這麼溫暖，但這些干擾讓他遲遲無法入眠。

這時，他聽見外面的庭院裡有人正大聲說話。從聲音判斷，應該是今日到半途上迎接的白髮家丁在吩咐些什麼。乾啞的嗓音在冰霜的回音下，渾厚如寒風一般，彷彿每個字都響徹了五位的全身。

「此地的下人聽好，奉大人旨意，明早卯時之前，各帶切口三寸、長五尺的山芋前來，不可遲過卯時，務必謹記在心。」

這話重複了兩三次，不久後，人的動靜才停了下來。四周驀的又回到原本寂靜的冬夜。在靜謐中，燈台的油發出聲響，如同紅色棉屑的火焰搖曳不停。五位打了個呵欠，再度沉湎於含糊的思緒中。——既然他們提到山芋，自然是爲了做芋粥，才會要他們帶來。這麼一想時，剛才專注外面動靜而忘掉的不安，不知何時又回到了心裡。尤其是不想太早吃到芋粥的心情更加強烈，而且惡作劇似的占據在思緒的中心。今日這麼容易的實現「飽食一頓芋粥」的夢想，那麼他至今忍耐了不知多少年，現在看來，那些辛苦全是白費了。如果可以的話，他最好突然發生什麼阻礙，讓他吃不到芋粥，然後阻礙又解除，好不容易的吃到它。他希望事事都能經歷這樣的百轉千迴。——這種想法如同打陀螺般不斷的在一個點上旋轉，不知不覺旅途的勞頓終於讓五位沉沉入睡。

第二天早上，一睜開眼便想起昨夜山芋之事，五位顧不得其他，先打開了房間的木窗。可能不知不覺間他睡過了頭，已經過了卯時吧。大院子裡鋪的四五張長蓆上，大約兩三千根圓木狀的東西，堆得像小山那麼高，幾乎快頂到斜向伸出的檜木皮屋簷上。定睛一瞧，全是切口三寸、長五寸，大到不可思議的山芋。

五位揉揉惺忪的眼睛，一時驚愕得近乎狼狽慌亂，木然的環顧四周。大院子裡各個角落，新打的木樁上，掛著五六個五斛納釜[5]。數十名穿著白布衫的年輕廚娘，正在釜的周圍忙活。有的人升火，有的人掃炭灰，有的在新的白木桶舀取「甘葛樹汁」放入釜中。大家都為煮粥做準備，忙得團團轉。從釜底升起的煙、釜中湧出的蒸氣，與尚未消散的黎明靄氣合而為一，整個大院子籠罩在灰霧中，顯得朦朧不清。只有釜底熊熊燃燒的火焰是紅色。雙眼所見、耳朵所聞，全都喧鬧得如同戰場或火災現場。五位這才意識到，這巨大的山芋要放進巨大的五斛納釜中煮成芋粥。也想起自己專程到越前敦賀來旅行的事。越想越覺得，一切的一切都那麼可恥。咱們五位那值得同情的食欲，此時已經

5 五斛納釜：容納五石（九百公升）的大鍋。

少了一半了。

一小時後，五位與利仁和其丈人有仁一同吃早飯。擱在他面前的，是一斗大的銀壺，然而裡面放的則是如濤濤大海般滿滿的芋粥。五位看到幾十名小伙子，拿起薄刀，將剛才堆在簷下的山芋，迅猛的切下。然後又看到那些廚娘們不斷的來回跑著，把山芋一個不剩的捧起來，放進五斛納釜裡。最後，長蓆上看不到一塊山芋時，帶著山芋香和甘葛香的幾道蒸氣，蓬蓬然隨風升上晴朗的晨空。看到這一幕之後，也難怪他現在面對壺裡的芋粥時，雖然還沒沾唇卻已經飽了。——五位坐在鍋前，笨拙的擦去額上的汗。

「聽說您沒飽食過芋粥，來，別客氣，儘量吃。」

岳父有仁向小童吩咐了幾句，又將幾鍋銀壺提到膳桌上。每一鍋的芋粥都滿得快溢出來。五位閉上眼睛，本來就紅的鼻子變得更紅，將銀壺裡的芋粥舀一半到大土鍋裡，勉強的喝了下去。

「我丈人都那麼說了，您就別客氣的吃吧。」

利仁也從旁招呼他享用新壺，不懷好意的笑著這麼說。但是五位懦弱，眞不客氣的話，從一開始他連一碗芋粥都不想吃。但是他忍耐著，好不容易吃了半壺。如果再吞一碗，粥還不到咽喉就會全吐出來。雖說如此，如果不吃的話，也同樣是將利仁與有仁的盛意款待不當一回事，因此，他只有再閉上眼睛，把剩下的一半，吃了三分之一，然後再也吃不下了。

「實在感激不盡，在下已經吃得夠多了。哎呀呀，實在感激不盡。」

五位結結巴巴的說著，看起來虛弱不堪，鬍鬚和鼻尖都冒出了冬天不該有的汗珠。

「您這吃得太少了吧，客人您太客氣了，你們幾個，還在那兒做什麼。」

小童們聽有仁一說，又從新的銀壺中舀了芋粥到土鍋裡。五位兩手像趕蒼蠅似的搖了搖，表示婉謝之意。

「不行了，我真的太飽了……真是抱歉，但是實在是飽了。」

如果不是此時利仁指著對面屋頂說：「您看那邊」的話，有仁也許還在勸五位吃芋粥。不過，所幸利仁的聲音把大家的注意都集中到屋簷那兒了。晨光正好射在檜木皮屋頂上，在閃耀的光線中，一頭獸披著光澤閃亮的毛皮，靜靜的安坐著。仔細一瞧，那正是前天利仁在枯野道路上擒獲的阪本野狐。

「狐狸也想來吃粥呢。來啊，快也給牠嘗嘗吧。」利仁的命令一說完，下人們立刻去張羅。狐狸從屋頂跳下來，在大院裡接受芋粥的招待。

五位注視吃著芋粥的狐狸，在心裡懷念起來此處之前的自己，那是被眾多侍衛愚弄的他，被京城孩童唾罵「你這紅鼻子，什麼玩意兒」的他。穿著褪色短褂和指貫袴，如同無主的獅子狗，在朱雀大路上徘徊流浪、可憐孤獨的他。但同時也是將飽食芋粥這個欲望，當成人生唯一大事好生珍惜、幸福的他。——不用再吃芋粥讓他感到鬆口氣的同時，滿臉的汗珠也漸漸從鼻頭處乾了。敦賀的早晨雖然晴朗，但冷風卻塞進心裡。五位連忙捂住鼻子的同時，朝著銀壺打了個大噴嚏。

——〈芋粥〉，初刊於《新小說》[6]，一九一六年九月號

6《新小說》：日本文學雜誌，一八八九年創刊後被中止，一八九六年重新出刊。

菸草與魔鬼

菸草本來是日本沒有的植物，那麼，它是何時搭船來的呢，記錄上的年代並不一致。有的寫慶長年間[1]，也有寫天文年間[2]。不過，慶長十年左右，各地已開始栽培。文祿年間[3]，吸菸已十分普及，從出現「禁煙無約束、莫說禁錢令、玉音耳邊過，醫德論斤賣」的落首[4]即可窺知一二。

1 慶長年間：西元一五九六年至一六一五年。
2 天文年間：西元一五三二年至一五五五年。
3 文祿年間：西元一五九二年至一五九六年。
4 落首：隱含諷刺、批判的塗鴉詩。

因此，若是問起這菸草是由誰傳至日本，任何一個歷史學家都會回答，葡萄牙人或是西班牙人。但是這未必是唯一的答案。另外有一個傳說的答案，根據這個說法，菸草是魔鬼帶來的。這魔鬼的玩意兒，乃是天主教的伴天連[5]（可能是方濟主教）千里迢迢帶到日本來的。這麼說來，也許基督教的信徒會認為我誣衊他們的神父，而要責怪我。不過，讓我來說的話，魔鬼的說法確是事實。為什麼呢？因為中國的神渡海傳來的同時，也帶來了中國的魔鬼——西洋之善傳入的同時，也傳入西洋之惡是極其自然的事。

但是，那個魔鬼實際上是否真的帶了菸草進來，我也無法保證。尤其是，根據安那托爾·佛朗士[6]的說法，魔鬼會用木樨草的花誘惑修道士。這麼看來，將菸草帶進日本一事，並非滿紙謊言。好吧，就算它是騙人的，這些謊言說不定意外的相當接近真實——我根據這樣的想法，在這裡寫下菸草傳入日本的傳說。

天文十八年，魔鬼化身為伊留滿[7]，隨著方濟·沙勿略歷經海上長旅，順利來到日

本。之所以說他化身成修士中的一人，是因爲傳教士本人在阿媽港[8]或他處上了岸之後，載送一行人的黑船在不知情下揚帆離港了。因此，一直偷偷把尾巴捲在帆桁上，倒吊著窺探船中狀態的魔鬼，立刻變身成那個人，朝夕服侍著方濟主教，當然，他在尋找浮士德博士[9]時，也曾化身成穿著紅外套的尊貴騎士，所以這點小伎倆根本不算什麼。

但是，來到日本一瞧，發現與他在西洋時在馬可孛羅遊記裡讀到的大不相同。第一，根據那本遊記，國中所到之處遍地黃金，可是他到處轉了半天並沒有那種景色。既然如此，用指甲把十字架擦亮變成金色，也能誘惑不少人。此外，據說日本人熟知利用珍珠或某種力量起死回生的方法，看起來也是馬可孛羅胡謅的。既然是假的，我就在各

5伴天連：伴天連為葡萄牙語padre的音譯，為傳教士之意，方濟主教即西班牙天主教傳教士聖方濟・沙勿略。
6安那托爾・佛朗士（Anatole France）：法國小說家，一九二一年諾貝爾文學獎得主。
7伊留滿：葡萄牙語宣教師的稱號之一。
8阿媽港：澳門港的舊稱。
9浮士德：歌德作品《浮士德》主人公，為了追求知識和權力，與魔鬼交易出賣自己的靈魂。

地的井裡吐一口唾沫，讓疫病流行。大多數人一旦苦痛纏身，就會忘了進天國的願望。——魔鬼跟在方濟主教後面，假裝一本正經的四處參觀，卻在心裡暗暗想著這事，獨自發出會心的微笑。

不過，只有一件事他感到頭痛。即使是魔鬼，遇到這種事也是一籌莫展。那就是方濟·沙勿略初來乍到，若是不積極傳教的話，就沒有天主教的信徒，魔鬼最在乎的誘惑對象，一個也找不到。這件事上，即使是魔鬼也是束手無策。首先，他不知道當下該怎麼渡過百無聊賴的時間——

魔鬼左思右想，決定先做點園藝來打發時間。他離開西洋的時候，便把五花八門的各種種子放在耳朵裡帶出來，只要向附近農家借塊地就行了，一點兒也不麻煩。而且，方濟主教更是頻頻點頭稱好，當然，方濟滿心以爲，跟隨自己的其中一名修士打算把西洋的某種藥用植物，移植到日本。

魔鬼連忙借來了鋤頭和圓鍬，耐心十足的開始耕起路邊的田地來。

正值初春時期，水氣氤氳，遠處寺院的鐘聲從繚繞的雲霞中傳送過來，令人昏昏欲睡，那鐘聲怎麼聽都那麼悠然閒靜，不像習慣的西洋修道院鐘聲清徹醒腦。——不過你若以爲這種天下太平的景象，會讓魔鬼心情舒泰，那就錯了。

他每次一聽到梵鐘的聲音，心情就比聽到聖保羅教堂的鐘聲更加煩悶，然後皺著臉使勁的開始夯地。這是因爲，聽著這閒靜的鐘聲，沐浴在柔和的陽光下，心靈很神奇的會鬆緩下來。雖然湧不起行善的念頭，但也沒了作惡的衝動。這麼一來，他就沒了特地遠渡重洋來誘惑日本人的意義。——魔鬼最討厭勞動，甚至還被伊凡的妹妹責罵「你的手掌沒有長繭」[10]，但他這次願意辛苦勞動，拿起鋤頭幹活，全都是爲了拚命想甩開這拖累身體的道德性睡意。

魔鬼花了幾天時間把地夯平，拿出耳中的種子播在田地裡。

---

10 出自托爾斯泰的小說《傻子伊凡》中的一段，魔鬼想誘惑傻子伊凡，到他家討飯時，伊凡的妹妹卻說，手上長繭的人可以先吃，沒長繭的只能等剩飯。

過了幾個月，魔鬼播的種發了芽，長出了莖，那年的夏末，寬大的綠葉遮蔽了整個田的土地，但是，沒有人知道那是什麼植物。連方濟主教問他，魔鬼也只是笑而不答。

沒過多久，這種植物的莖部末端開出了一簇簇的花，淡紫色的花形狀像個漏斗。魔鬼費盡了苦心，才讓它開花，所以大爲欣喜。因此，早晚讀經禮拜結束後，他隨時都會來到田地，專心一意的栽培。

於是，某一天（那是方濟主教出外傳道旅行幾天，他留守的時候發生的事），有一個牛販子拉著一頭黃牛，來到菸草田旁。他往田裡一瞧，紫花簇簇的田邊柵欄裡，有個穿黑色僧袍、戴著寬邊帽的南蠻[11]修士，正在抓葉子上的菜蟲。牛販子覺得那花極爲罕見，忍不住停下腳，摘下斗笠，禮貌的向修士打招呼。

「喂，修士，那是什麼花？」

修士回過頭。他是個扁鼻、小眼，看起來十分和善的洋人。

「這個嗎？」

「正是。」

洋人靠在田邊柵欄搖搖頭，然後用生澀的日本話說：「很抱歉，唯獨它的名字，我不能告訴別人。」

「咦，奇怪。是方濟主教不准你告訴別人的嗎？」

「並非如此。」

「那，你就告訴我一下嘛。最近，我也打算接受方濟主教教化，皈依貴教派呢。」

牛販子得意洋洋的指著自己的胸口說。魔鬼打量了一下，原來他脖子上掛著一個小小的銅製十字架，正在陽光下閃閃發光。不知是不是它太刺眼，修士稍微皺起臉低下頭。但又立刻露出比先前更和善的態度，半開玩笑半認眞的說：

「那也不行。因爲不告訴別人是我國的規定。倒是你不妨自己猜猜看。日本的人都很聰明，一定能猜中。如果你猜中的話，我就把這田裡生長的作物全都送給你。」

牛販子大概以爲修士是在嘲笑自己，他曬黑的臉上浮起微笑，故意誇張的歪歪頭。

「會是什麼呢？臨時這麼一問，我哪能猜得中。」

11南蠻：指東南亞各國，以及經過東南亞到日本的西班牙、葡萄牙人。

「不用今天給我答案，給你三天時間好好想一想再告訴我。你也可以問別人。如果猜中了，這田裡的東西全都給你。另外再送你珍陀酒[12]，還有現世樂園圖也送給你。」

修士的過度熱忱，讓牛販子有些難以消受。

「那麼，如果沒猜中，又將如何？」

修士將帽子重新戴在後腦杓上，一面揮揮手笑了。那笑聲尖銳得好似烏鴉，令牛販子有些意外。

「如果猜不中的話，我就向你要一件東西。這是個賭博，賭你猜得中或猜不中。因爲如果猜中了，我這片田全都給你。」

說到這裡，洋人不知不覺又恢復原本和善的聲音。

「好的。那麼，我也豁出去，你想要什麼，我都可以給你。」

「什麼都可以嗎？連那頭牛也行？」

「你想要這頭牛的話，我現在就能送給你。」

牛販子笑著摸摸黃牛的腦門，他自始至終都以爲這個善良的修士只是在開玩笑。

「相反的，如果我贏的話，這些開花的草都歸我哦。」

「沒問題，沒問題，那麼就一言爲定。」

「好的，一言爲定。我以主耶穌基督之名發誓。」

修士聽聞此言，小眼睛裡閃著光芒，滿意的用鼻子哼了兩三聲。然後左手叉腰，微微挺起胸膛，右手摸著紫花說道：

「那麼，如果沒猜中的話——我要你的身體和靈魂。」

洋人右手大大的轉了個圈，脫下帽子。蓬亂的頭髮中，長了兩隻山羊般的角。牛販子不覺臉色大變，手上的斗笠落到地上。也許是陽光被遮住的關係，田裡的花葉一時失去了鮮麗的光彩。連黃牛也像是畏懼什麼，壓低牛角，不住地發出低沉的聲音哞叫……

「約定就是約定，即使對象是我也一樣。你不是以我忌諱的那個名字起誓了嗎，千萬不可忘記，期限是三天。那麼，我先告辭了。」

魔鬼帶著輕蔑又恭敬的口氣說完之後，刻意對牛販子深深的一鞠躬。

12 珍陀酒：當時紅酒的稱呼。

牛販子後悔莫及，不該一時粗心上了魔鬼的當。如果不想點辦法，最後一定會被那個「賈波」[13]抓住，身體和靈魂都要遭受永恆不滅的烈火焚燒。這樣一來，他拋棄原有信仰，接受洗禮的價值也蕩然無存了。

然而，既然以主耶穌基督之名發誓的約定，他也不能毀棄。當然，若是方濟主教在的話，還能有辦法解決，但不巧的是他剛好不在。因此，三天三夜他都未曾闔眼，思索各種鑽漏洞的方法。然而，除了知道那種植物的名字之外，別無他法。可是，連方濟主教都不知道的名字，如何能得知呢……

牛販子捱到了約定期滿的那天晚上，又牽了那條黃牛，悄悄的來到修士的屋旁。那屋子與田地並排面對著道路。牛販子過去一瞧，窗內沒有燈火，看來修士已經睡了。正好此時月亮被雲遮住，夜色朦朧昏暗，靜悄的田裡，四處都看得到紫花在黑暗中清寂綻放。原來牛販子心生一計，雖然不太有把握，但還是悄悄的來到這裡。但是一見到這片僻靜的景色，無來由的害怕起來。尤其是一想到那道門後面長了山羊角的修士，恐怕正在做著地獄裡的美夢，好不容易鼓起的勇氣，也窩囊的消餒了。然而想到要把自己的身體與靈魂交到「賈波」手上，當然可不能再懦弱下去。

於是，牛販子祈求聖母瑪利亞的保佑之後，一咬牙決定實現事先想好的計畫。雖然稱之為計畫，其實也很簡單，就是把牽來的黃牛韁繩解開，在牛屁股上狠狠拍個幾下，把牠趕進那片田地。

牛的屁股一痛，嚇得跳起來，衝破柵欄，在田地裡到處亂踩。那牛用角撞屋板也不是一兩次了。而且蹄聲和哞叫聲，攪動了淡淡的夜霧，響徹了四面八方。這時，有個人打開了窗戶，露出臉來。黑暗中看不清楚長相，但肯定是化身修士的伊留滿。不知是不是心理因素，他頭上的角在暗夜中清晰可見。

「你這畜生，幹嘛踏壞我的菸草田。」

魔鬼揮著手，帶著睡意大聲咆哮。大概是打擾了他的美夢，所以勃然大怒。

13賈波：葡萄牙語魔鬼（diabo）的音譯。

但是，魔鬼的這句話卻如同上帝的聲音般，傳入躲在田地後面偷看的牛販子耳裡。

「你這畜生，幹嘛踏壞我的菸草田。」

後來的情節，就如同所有這類故事，有了極爲圓滿的的結局。牛販子成功的說對了菸草的名字，讓魔鬼大吃一驚，並且因此悉數得到了田裡生長的菸草。

但是，我在想，這個古老的傳說，是不是有更深刻的意義呢。因爲，魔鬼雖然無法得到牛販子的身體和靈魂，相反的，卻讓菸草普及到日本全國。從這角度看來牛販子的救贖，一方面也伴隨著墮落，魔鬼的失敗在另一方面也伴隨著成功，不是嗎。魔鬼不會白白吃虧的。就算是自認爲勝過了誘惑，人類仍會有意外輸掉的地方。

最後，我簡單的交代一下惡魔的行蹤吧。在方濟主教回來的同時，靠著五芒星神聖的威力，將魔鬼逐出了那片土地。後來他仍以修士之姿，在各地流浪遊走。據某份記錄，南蠻寺建立的前後，他也屢屢在京都出沒。有個說法認爲，那個一再愚弄松永彈正[14]的果心居士[15]就是魔鬼的化身。不過，這部分小泉八雲[16]大師寫過了，這裡就不再贅述。此外，逢豐臣、德川兩人禁止外教之時，剛開始時他還露過臉，但是到後來完全在日本消聲匿跡了。——記錄中對魔鬼的敘述大致只到這裡，只不過，明治之後，無法找到魔鬼再次來訪的行跡，著實感到遺憾……

——〈菸草與魔鬼〉，初刊於《新思潮》，一九一六年十一月號

14松永彈正：戰國時代的武將松永久秀，官拜彈正，因而以松永彈正之名為人所知。
15果心居士：室町時代末期出現的幻術師。
16小泉八雲：日本小說家，著有《怪談》，被認為是現代日本怪談文學的鼻祖。

戲作三昧[1]

一

天保二年九月的某個上午，神田同朋町的松之湯澡堂裡，一如往常的人聲鼎沸。在式亭三馬[2]幾年前出版的滑稽本[3]中「神祇、釋教、戀、無常[4]盡在浮世澡堂中」的景象，現在依然沒變。梳老婆髻[5]在澡堂裡哼著俗曲，梳本多髻的在更衣場扭毛巾，髮線渾圓、梳了大銀杏髻的人正爲紋身的背沖水，頂著由兵衛髻的傢伙從剛才就一個勁的洗臉，另一個和尚頭坐在水槽前，不停的往身上沖水。還有些梳蜻蜓髻的小孩，正一心一意的拿著竹水桶和陶燒金魚玩得不亦樂乎。——在氤氳上升的蒸氣與窗口射入的晨光中，這麼多形形色色的人圍在狹小的水道邊，個個濡濕的身體映著滑溜的光，朦朧的蠕動著。而且澡堂裡熱鬧非同一般，最多的是舀熱水的聲音和移動桶子的聲音，接著還有說話聲和唱歌聲。最後是櫃台不時響起的打梆子聲。所以入口的內外，宛如戰場般吵雜。商人鑽過門簾進來了，叫花子也進來了。當然澡客進入更是不在話下。在這片混雜中——

在這片混雜中，有個六十多歲的老人低調的靠在角落，靜靜的搓去污垢。年紀六十開外了，不但鬢毛泛黃，而且眼力也不太好。不過，他雖然瘦，但身子骨十分結實，甚

1戲作三昧：戲作本意是帶有戲謔風格的詩文作品，指的是江戶時代後期的小說。三昧在佛教用語中指的是把心集中，保持在無散亂或靜止的境界，亦有訣要、竅門之意。。

2式亭三馬：江戶後期的戲作者，本名菊地久德，代表作為滑稽本《浮世風呂》、《浮世床》。

3江戶後期發展出的小說類型，題材多為平民日常生活，透過對話描繪人物言行的滑稽可笑。

4日本古代和歌的分類，所有的人間事都包含在神祇、釋教、戀、無常四個類別中，所以以此來形容世間百態。

5老婆髻：即嚊束髻，不抹油只將髮根隆起的，髮尾末端散開的一種男性髮髻，流行於文化年間，是江戶下等庶民流行的髮式，也有一說這通常是家裡的老婆梳的，所以如此稱呼。

至稱得上體格粗獷，皮膚鬆弛的手腳也還留存著抗拒年老的勁頭。他的臉也是一樣，下顎骨寬闊的臉頰、略大的嘴巴，都還閃現旺盛的動物性精力，幾乎可以說寶刀未老。

老人仔細的搓去上半身的污垢後，並沒有淋水便接著洗下半身。但是用來擦操的黑色甲斐絹布，不論怎麼搓，就是沒法從乾澀、皺紋多的皮膚上搓出污垢來。這大概突然令他感受到秋日的凄涼感吧，老人才剛洗完一隻腳，突然洩了氣似的停下拿毛巾的手，眼光落在桶裡的混水。水中鮮明的映出窗外天空，尚仍豔紅的柿子，點綴在稀疏的樹枝上，下方看得到屋瓦的一角。

此時「死亡」的陰影閃過老人的心裡。但是，這「死亡」並不像從前威脅他的那樣，藏著什麼不祥可怕的兆頭，可以說它是一種寧靜、懷念和安詳的涅槃意識。如果能脫離一切俗世的煩惱，在「死亡」中睡著的話——能夠像個純真的孩子沒有煩憂的睡著的話，那會是多麼愉快的事啊。不只是生活讓他疲累，數十年來沒有間斷創作的苦悶，也令他精疲力竭。

老人茫然的抬起眼，四周圍還是一片熱鬧的談笑聲，眾多光著身體的人在蒸氣中蠕動著，令他眼花繚亂。入口的俗曲也加入了唱長曲或流行曲的聲音。這時，剛才在他心裡留下影子的恆久意念已經無影無蹤。

「哎呀，先生，沒想到會在這種地方遇見您，在下作夢都沒想到曲亭大師會這麼早來洗澡呀。」

老人被那人的招呼嚇了一跳，定睛一看，他身邊一個氣色紅潤、身材中等的小銀杏髻精神奕奕的笑著，他站在水桶後面，肩上還掛著濕毛巾，看來剛從澡池起來，正打算用熱水淨身。

「您還是一樣滿面春風，挺好的。」

馬琴[6]瀧澤瑣吉微笑著，略帶嘲諷地回答。

6本篇小說的主角，曲亭馬琴（一七六七年—一八四八），江戶時代後期的劇作家，本名瀧澤興邦，又名瑣吉，號著作堂主人，代表作有《椿說弓張月》、《南總里見八犬傳》。

二

「您客氣了，我一點都不好。要說好的話，先生您的《八犬傳》[7]越來越精彩，越來越玄奇，眞是寫得好啊。」

小銀杏髻把肩上的毛巾放入桶裡，興致高昂的滔滔不絕。

「那船蟲扮成了走唱盲女，想殺小文吾，雖然一時抓了她來拷問，但最後還是被莊介所救。這段情節啊眞是妙不可言。而且也造就了莊介與小文吾重逢的機緣吧。不才小人近江屋平吉雖然是開雜貨店的，但若是說起小說，還算是頗有研究。先生您的《八犬傳》編排得無可挑剔。哎，我眞是佩服得五體投地。」

馬琴沒說話，又開始洗腳。當然面對他的書迷，他一向相當有好感。但是，他很少會因爲好感，而改變對對方的評價。這對聰明的他而言，是再自然不過的事。而且，神奇的是，這種評價幾乎完全不會影響到他的好感。所以，有的時候，他會對一個人同時感到輕鄙與好感。像這個近江屋平吉之流就是這種書迷之一。

「您寫出那麼精彩絕倫的故事，用的心力肯定非比尋常。當今世上，大師簡直就是日本的羅貫中呀——啊，我這話說得太冒失了。」

平吉揚聲大笑起來。在旁邊泡澡的皮膚黝黑，梳小銀杏髻，長了斜眼的小個子，大概被那聲音驚嚇到，轉過身來左右瞧了瞧平吉和馬琴，做了個鬼臉，朝著水道啐了一口痰。

「您還在研究俳句的首句吧。」

馬琴巧妙的轉移話題。他並非沒有注意到斜眼的表情。幸運（？）的是他的視力江河日下，已經看不清楚對方的臉了。

「承您詢問，不勝惶恐。在下只是外行在瞎搞，厚著臉皮一天到晚到處參加俳句會。但是不知怎麼回事，詩作總是沒有成績。大師怎麼樣呢，您對和歌或俳句有沒有特別的喜好？」

---

7 指馬琴的作品《南總里見八犬傳》，也被稱為《里見八犬傳》，於一八一四年開始刊行，一八四二年完結。

「不，我對詩詞那一類不太擅長。雖然以前也寫過一陣子。」

「您說笑了。」

「不是，那些與我的性情不合，寫了也是瞎子點燈白忙活。」

馬琴特別在「性情不合」幾個字加重了力道。他並非寫不出和歌或俳句，當然也自信不乏對那方面的理解。但是，他對這類藝術一向抱持著某種輕蔑的態度。原因是不管是和歌或是俳句，它的格局太小了，容納不下他思想的全部。所以，不管在一句一首中，不論是抒情或敘景寫得如何精彩，都只能充抵他作品中的數行。這種藝術對他而言，是第二流的藝術。

三

他語氣中強調「性情不合」幾個字背後隱藏著這樣的貶抑，然而不幸的是，近江屋平吉一點也沒有聽出他的話中之意。

「哈哈，果然是這麼回事。以在下的拙見，本以爲像先生這樣的大師，不論寫什麼都能信手捻來——哎呀，難怪常有人說人無十全。」

平吉一面用擰乾的毛巾，把自己的皮膚搓得通紅，一面略帶顧忌的說。可是，對自尊心甚強的馬琴而言，自己原本只是自謙之辭，對方卻按著字面的意思來解讀，讓他十分不快。而且平吉略帶顧忌的口氣更令他反感。因此，他把毛巾和搓垢刷丟在水道，欠身站起來，臭著臉盛氣凌人的說：

「不過，像當今的和歌歌人和俳句宗師那種水準，我還沒問題。」

不過，這話一說出口，他立刻爲自己小孩似的自尊心感到汗顏，剛才平吉用最頂級的詞彙來讚賞《八犬傳》時，自己並沒有特別高興，因此相反的，他現在被人當成不會寫詩作詞的人，自己卻感到不滿，這不是自相矛盾嗎。立刻捫心自問的他，急忙拿起水桶將熱水從肩膀沖下，來掩飾心中的困窘。

「我想也是。若非如此，怎能寫出那樣的傑作呢？這麼說來，先生也會寫詩詞的話，在下也算是慧眼獨具，啊，我這又在自吹自擂了。」

平吉揚起宏亮的笑聲，剛才那個斜視佬已經不在一旁，痰也從馬琴的浴場流掉了。但是不用說，馬琴比剛才更加戰戰兢兢了。

「哎呀，盡顧著說話，我再泡一回澡吧。」

他感到莫名的尷尬，帶著對自己的氣惱，找了個藉口緩緩站起，想從這個性格老實的書迷面前退下。但是，平吉好像因爲馬琴的自恃，連他這個書迷都跟著威風起來了。

「那麼，在下想請先生改天寫一首詩或詞，您看怎麼樣？可千萬別忘了哦。那麼，在下先走一步，知道先生您忙，但若是哪天有空路過，請務必來舍下一坐，那在下告辭。」

平吉補充似的說道，然後目送著馬琴再洗一回毛巾，往浴池入口走去的背影，一面思索著待會兒回到家，要用什麼口吻跟老婆說起遇到曲亭先生的事。

四

浴池入口內昏暗如同黃昏，而且蒸氣瀰漫的程度比霧來得更深。老眼昏花的馬琴顫顫危危的撥開池邊人群，好不容易摸到浴池的角落，才終於將滿身皺皮的身體浸在水裡。

池水稍微有點燙，他感受著熱水徐徐浸透指頭，一面深呼吸的朝浴池四周環視一番。浮在昏暗中的腦袋，大概有七八個吧。大家不是在說話，就是在唱歌，他們周圍融出人體油垢的光滑水面，反射著從入口射入的混濁光線，無聊似的微微晃動。令人作嘔的「澡堂氣味」直撲人臉面。

從很早以前，馬琴的幻想就帶著浪漫色彩。在這浴池的蒸薰熱氣中，他有意無意之間，想到了小說中想描述的一個場景。那兒有個沉重的船篷，船篷外的海面，隨著夕陽西下開始起了風。打在船舷上的浪花，發出悶滯低沉的聲音，宛如油在搖晃。除此之外，大概是蝙蝠的振翅聲拍打著遮篷，舟子上的人好奇的伸出頭，從船舷往外張望。霧氣瀰漫的海上，紅色的月牙陰森的掛在天際……

他的幻想來到這兒，突然被打斷了。因爲他冷不防聽見，入口那兒有人在批評他的小說。而且那人喋喋說個沒完，不論是聲調還是口氣，都像是要說給他聽的。馬琴本來立即想走出浴池，但是又轉了個念頭，靜靜聆聽他的評論。

「還自稱什麼曲亭先生、著作堂主人呢。那個馬琴寫的東西，全都是新瓶裝老酒。不說別的，《八犬傳》的故事不都是抄《水滸傳》的嗎。不過，當然啦，不要雞蛋裡挑骨頭的話，情節倒也引人入勝。畢竟那是人家中國傳來的東西嘛。所以啊，若是只看一遍的話，那眞是出類拔萃，但是他這回又抄起京傳[8]來，眞是驚得人連氣都忘了生。」

馬琴用昏瞶的眼睛往那個說話惡毒的人方向看去，雖然在蒸氣遮掩下看不清楚，但很可能就是剛才在一旁那個小銀杏髻的斜視佬。這麼說來，這個人一定是看不慣剛才平吉稱讚《八犬傳》，所以才故意拿馬琴出氣。

「第一，馬琴寫的東西只不過是舞文弄墨，肚子裡一點才學都沒有。就算是有，也就像是私塾先生講些老舊的四書五經罷了。所以，對現今世上的事，根本一竅不通。從他只寫陳年舊事就是最好的證明，像是阿染、久松[9]的故事他寫不來，所以才寫成《松染情史秋七草》。如果用馬琴大人的口吻來說，就是這樣做多不勝數。」

只要任何一方抱著高人一等的意識，再怎麼樣也很難恨得起來。對方的說法雖然惹得馬琴不快，但是不知爲何卻恨不起來。相反的，他有股想表現蔑視對方的衝動。之所以沒有付諸行動，可能是年紀幫他踩了煞車吧。

「從這一點來看，一九與三馬[10]才眞是大師風範，他們寫的小說裡人物立體自然，絕對不是用些小聰明或是半調子的學問拚湊出來的故事。這一點與什麼蓑笠軒隱者之流大大不同。」

按照馬琴過往的經驗，若是聽到自己小說的惡評，不只是心頭煩悶，也會有不少負

---

8 山東京傳（一七六一—一八一六）江户後期的戲作者，也是浮世繪畫師，通稱傳藏，代表作有《江户生豔氣樺燒》、《通言總籬》等。

9 阿染、久松：淨瑠璃、歌舞伎裡的主角人物，描寫大阪油商女兒阿染與學徒久松殉情的事件。

10 一九指的是江户後期劇作家十返舍一九（一七六一—一八三一），本名重田貞一，以滑稽本《東海道中膝栗毛》聞名。三馬即第一段提到的式亭三馬。

面的影響。意思並不是說因爲肯定惡評而失去了創作的勇氣。而是擔心爲了否定它，會在之後的創作動機上刻意增加斧鑿的痕跡，從這種不純的動機出發，最後創造出畸形的藝術。姑且不說一味以投時下所好爲目的的作家，只要是有點氣魄的作家，意外的很容易落入這種險境中。所以馬琴過去都盡可能不讀別人對自己小說的惡評，然而，儘管心裡這麼想，但是另一方面，很難不受想一窺究竟的誘惑。在這澡堂裡會聽到那個小銀杏頭的惡言，一半也是受此誘惑導致。

他察覺到自己的心思，立刻責備自己還泡在這裡浪費時間的愚昧，然後任由小銀杏頭繼續高分貝的批評，猛地跨出了浴池入口。池外在氤氳之間看得見窗口的藍天，和藍天下沐浴在暖陽下的柿子。馬琴來到水槽前，平心靜氣的沖洗身體。

「總而言之，馬琴就是個冒牌貨。還好意思說日本的羅貫中。」

剛才那個人大概以爲馬琴還在浴池裡吧，依然發動猛烈的攻擊。看來是斜視的關係，那人也許還沒看見馬琴已經走出浴池的身影呢。

五

不過，馬琴離開澡堂時，心情悶悶不樂。斜眼佬的刻薄評論至少在一定範圍內，獲得了預期性的成功。他走在秋日晴朗的江戶街頭，一面將在浴池裡聽到的惡評，反覆檢驗其批評的重點。然後，他當下即證明，不論從任何角度思考，它都是個不值一提的謬論，儘管如此，已經被擾亂的心思，卻沒有那麼容易恢復平靜。

他抬起氣惱的雙眼，眺望著兩側的商家。各商家忙著自己當天的營生，與他的鬱結的情緒毫無交集。所以，「諸國銘葉」的赤紅門簾、「本黃揚」的黃色弓形招牌、「駕籠」的掛燈、「卜筮」的卜卦旗——那些玩意兒只是排列成無意義的隊伍，雜亂的通過他的眼底。

「爲什麼自己看不起的惡評如此煩擾自己呢？」

馬琴又繼續思考。

「讓自己煩悶的，是那個斜視佬厭惡自己這件事實。別人對你有惡意，不管原因爲何，都會令自己感到煩悶，有什麼辦法。」

他尋思於此，不禁對自己的軟弱感到羞恥。事實上，很少有人像他這樣，總是抱著妄自尊大的態度，但也很少有人像他這樣，對他人的惡評如此在意。而這種行爲上完全相反的兩個結果，其實源自於同一個原因——同一種神經作用，當然他早已領悟到這個事實。

「但是，還有另一件事讓自己不痛快，那就是我把那個斜眼佬當成對抗的對手。我從以前就不喜歡與人對抗，所以也因此不與人較勁。」

分析到這個地步，他的思索更往前進一步的同時，心情上也起了意想不到的變化。從他原本緊閉的雙唇稍微緩和下來就能看得出來。

「最後，把自己推上對抗位置的人是那個斜眼佬更加令自己氣惱煩悶。如果是個更高等的對手，自己一定會生出反抗的心理，將這種惱怒頂回去。不管怎麼樣，那個斜眼佬成了對手，自己再生氣，也只能自認倒楣。」

馬琴苦笑著仰望高空，天空裡老鷹清亮的叫聲，隨著日光如同雨水般落下。他意識自己原本沉鬱的心情漸漸輕鬆了起來。

「不過，不管斜眼佬說話如何刻薄，最多也只是得罪我而已。就像老鷹叫得再怎麼大聲，也不可能讓太陽停下腳步。我的《八犬傳》必然有完成的一天，到時候，它一定能成爲日本古今無與倫比的一大傳奇。」

他安慰著自己恢復的自信，靜靜的轉進小路，往家的方向走去。

六

一回到家，便在昏暗的玄關脫鞋處看見一雙麻花編帶的雪屐，看起來挺眼熟的，馬琴一看，眼前立刻浮起那位客人扁平的臉，然後便拉下臉，心裡想著這人又得糟蹋自己的時間了。

「今天一早上的工夫又泡湯了。」

他如此想著跨上木地板，女傭阿杉連忙出來迎接，手拄著地，抬頭仰視他的臉說：

「和泉屋老闆在客廳等您回來。」

他點點頭，把濕毛巾交給阿杉，但是實在不想立刻到書房去。

「太太呢？」

「去拜神了。」

「少奶奶也去了嗎？」

「是的，帶著小少爺一起去的。」

「少爺呢？」

「去山本大人那兒。」

家人全都不在，他體會到一種失望的感受，這下子沒轍了，只能打開玄關旁書房的隔扇門。

門一開，一個白臉上泛著油光、故作姿態的男子叼著一根銀色的細菸管，端坐在房中。他的書房裡除了貼了拓本的屏風和掛在壁龕上的兩幅紅楓黃菊之外，就沒有其他像樣的裝飾。沿著牆邊冷清的排放著五十幾個清一色老舊的桐木書箱。窗門紙貼了一年大概沒換過吧，在秋日照耀下，芭蕉殘葉的大影婆娑的斜映在到處補丁的白紙上。這使得客人華麗的衣著與周遭顯得格格不入。

「哎喲，先生，您回來啦。」

隔扇一開，客人便油腔滑調的說，同時恭敬的低下頭。這位和泉屋市兵衛是書店老闆，在《八犬傳》之後頗受市面好評的《金瓶梅》[11]，就是由他出版的。

「你久等了吧。我難得今早去泡了個澡。」

馬琴本能的皺起臉，照例禮數周到的跪坐下來。

「哦喲，一大早就去泡澡啊。原來如此。」

市兵衛發出十分嘆服的聲音，很少有人會像他這樣，對所有枝微末節的小事這麼容易感到佩服，更何況努力裝出佩服表情的人就更少了。馬琴照舊盡快把話題轉到正事

11指馬琴於一八三一年開始刊行的《新編金瓶梅》。

上，他尤其不喜歡和泉屋這種做作的欽佩。

「那麼，今天來有何貴幹？」

「哎，當然還是來請您賜稿啦。」

市兵衛用一根手指把菸管繞了個圈，娘娘腔的說道。這個人的性格古怪，尤其是大多數場合，他內心的想法與外在的行爲不太一致，甚至有時還表現得正好相反。所以，只要他的心意越是強硬，他的聲音必定成反比的越加溫柔。

馬琴聽到他的聲音，不自覺的再度皺起臉。

「稿子的話，沒有。」

「哦喲，是不是有什麼困難？」

「何止是困難。今年我接了多部短篇小說，實在沒空把心思用在長篇上。」

「原來如此，您眞是忙啊。」

市兵衛剛一說完，用菸管敲了敲煙灰筒，這動作好像是個信號，他一副完全忘了剛才的話的模樣，突然說起鼠小僧次郎太夫的故事。

七

鼠小僧次郎太夫是個人人稱道的大盜，今年五月上旬被捕，八月中旬入獄。因爲他只會潛入大名的府邸偷竊，得來的金錢都施捨給貧民，所以，當時一般人給他取了個義賊的怪名，後來成了他的代名詞，傳遍了民間各地。

「您知道嗎，先生，他偷過的大名府邸總共七十六家，偷竊的金額有三千一百八十三兩二分，眞是驚人哪。雖然是個賊人，但這個人非同小可啊。」

馬琴不禁被勾起了好奇心。市兵衛講述這種故事時，背後總是隱隱自鳴得意，彷彿是他向作家提供的材料。這種自鳴得意當然經常惹惱馬琴，不過儘管惱怒，還是引起了他的好奇心。擁有藝術家天分的他，這方面特別容易受受到誘惑。

「唔，那的確不簡單哪。我聽過各種不同的傳聞，但沒想到這麼驚人。」

「總之，他可以稱得上賊中豪傑，據傳他以前還當過荒尾但馬守大人的隨從，所以才會把宅院裡的布置摸得一清二楚。據看到他遊街時的人所說，他長得胖墩墩的，頗討人喜愛。那時他上身穿著藏青色麻單衣，下身是白軟綢薄褂，您不覺得就像是從先生的故事裡走出來的人物嗎？」

馬琴含糊的虛應著，又吸了一口菸。但是市兵衛可不是隨便敷衍就能打發得了的人。

「您看如何，能不能把這次郎太夫的故事，加進金瓶梅的情節裡呢？我知道先生您很忙，不過請您勉爲其難點個頭吧。」

鼠小僧的故事說到這兒，突然又跳回到催稿的話題上。馬琴早就摸透他這種花招，故而依舊充耳不聞，不只如此，他的情緒比先前更差，因爲自己太蠢了，竟然中了市兵衛的計，被勾起了幾分好奇心之故。他先吸了一口菸，做了這樣的辯解。

「首先，若是勉強的寫，終究也寫不出什麼好故事。不用說這當然會影響到你的銷量，這對你來說，恐怕也不划算吧。所以，不供稿給你，結果對你我雙方都有好處。」

「您說的有理，不過還是想請您勉強寫一下，您看怎麼樣？」

市兵衛說著，用視線將他的臉「摸了個遍」（這是馬琴對和泉屋老闆眼神的形容詞），然後從鼻子裡噴出一串又一串菸草的煙。

「實在寫不出來。就算我想寫也沒有空，沒辦法。」

「這讓在下好生爲難啊。」

說到這裡，他又突然轉移話題，說起時下的其他作家，但還不忘把那支細長的銀菸管叼在他的薄唇之間。

八

「聽說，種彥[12]又有新作了，反正都是些文詞優美、哀戚動人的故事吧。種彥那個人

12柳亭種彥（一七八三—一八四二），本名高屋彥四郎知久，江戶後期的劇作家，以長篇小說聞名，尤以描寫劇場世界的《正本製》大受歡迎。

寫的東西，有他獨具一格的味道，別人學不來的。」

市兵衛不知爲什麼習慣用作家的名諱稱呼他們。馬琴每次聽到他這麼喊，心裡便想，他背地裡也是「馬琴怎麼樣」的叫自己吧。這種把作家當成自家工匠看待的淺薄老闆，連別人的名諱都隨便喊，那又何必幫他寫稿子呢？——每當他脾氣暴燥時，想到這事就一肚子氣。今天他又聽到種彥的名字，所以原本的臭臉，也變得越發難看。但是，市兵衛一點兒也沒有意識到有什麼異常。

「另外，在下這裡也要推出春水[13]的作品，我知道先生您不喜歡他，不過他的風格很對一般俗人的口味。」

「哈哈，大概是吧。」馬琴記得以前見過春水，他那低賤而浮誇的臉立即浮現在腦海。以前也聽人說過，春水自稱「不是作家，只不過是照著客人的期望，寫些豔書供人欣賞，掙錢餬口罷了。」所以，他當然打從心底看不起這種沒品的作家。儘管如今，現在聽到市兵衛隨口喊他的名諱，他依然忍不住心中氣惱。

「總之，在豔情小說那個領域，他是專家，而且還是出了名的好手。」

市兵衛說到這兒，瞅了馬琴一眼，然後又把目光轉到嘴上叼的銀菸管上。那一瞬間的表情，有種令人生寒的下流，至少，馬琴這麼感覺。

「他不僅寫得好，而且走筆之快一瀉千里，據說一次沒寫個兩三回還停不下來呢。先生有時候下筆也很快吧？」

馬琴不單感到不快，還有種受威脅的感受。把他下筆的速度拿來與春水、種彥之流相比較，對自尊心強的他來說，當然不是什麼可喜的事。而且，他是屬於下筆慢的人，別人用這一點來證明他的能力太差，經常讓他感到無奈淒涼。然而另一方面，他也不時的重視它，將下筆的快慢作為評量自己藝術良心的尺度。只不過不管他自己怎麼想，都絕不能容忍這種尺度任由俗人穿鑿。因此，他把眼神轉向壁龕上的紅楓黃菊，沒好氣的說：

「看狀況吧。有時候快，也有時候慢。」

「哈哈，看狀況嗎。明白明白。」

---

13 為永春水（一七九〇—一八四三）：江户後期戲作者，本名鷦鷯貞高。曾拜式亭三馬為師。

市兵衛第三次嘆服，然而，不用說也知道，他並非單純的佩服。因爲這句話之後，他立刻轉回話題。

「不過，剛才一再提到的稿子，能不能請您點個頭呢，像人家春水……」

「我與爲永先生不同。」

馬琴一發脾氣，會有下唇往左方撇的習慣，這時，他的唇使勁往左一撇說：

「請勿見怪。——阿杉、阿杉，和泉屋老闆的鞋擺好了沒有？」

九

把和泉屋市兵衛趕回去之後，馬琴獨自倚在緣廊的柱子邊，注視著小院裡的景色，使盡力氣想把難以消解的怒氣，勉強按捺下來。

灑滿陽光的院子裡，破葉芭蕉與光禿的梧桐，與扁柏、綠竹一起，暖洋洋的占據著幾坪秋色。近前手水鉢旁的芙蓉，花朵已漸稀疏，但遠處種在矮籬外的桂花，甘甜的香氣歷久不衰。老鷹的叫聲又如同吹笛聲般，從遙遠的晴空不時自天而降。

他彷彿現在才領悟到世間的下流，與自然界恰成對比。住在下流世界的不幸之處在於，人們被這種下流所煩擾之下，自己的言行也不得不變得下流。剛才自己把和泉屋市兵衛趕出家門，趕人的這件事當然不是什麼上等的作法。但是，自己卻因為對方的下流，而被逼得不得不做出這種下流事，於是，把他趕出門了。趕出門此舉的意義，就等於把自己降格成與市兵衛同等粗鄙的程度。總之，他讓自己墮落了。

思索到此，他突然想起不久前的一段記憶，與這件事情節相彷。去年春天，有個人寫信來，希望拜他為師，他叫做長島政兵衛，好像是相州朽木上新田那兒的人。據信上所述，此人自二十一歲耳聾之後，便下定決心欲以寫作聞名天下，因而全心全意撰寫小說，直到二十四歲的今天。他自然是《八犬傳》與《巡島記》[14]等的忠實讀者，然而身居鄉間，有礙修習寫作，所以，能不能到府上充當食客。此外，我已寫有小說原稿六冊，

14馬琴的《朝夷巡島記》，一八一五年發行。

盼能得到您的指點，盡可能交由書店出版——信的內容大致如此。對馬琴來說，對方的要求未免也太一廂情願。不過，一向因視力迷茫而苦的他，對於耳聾的殘疾也頗有幾分同情，因此他回信告知，您的要求恕我無法同意。這對馬琴來說，已經是極其鄭重了。然而，對方回覆的來信，字裡行間盡是抨擊謾罵。

他寫道：不論是你的《八犬傳》還是《巡島記》，既冗長又拙劣，在下耐著性子才好不容易讀完，然而我的小說僅僅六冊，你卻連看一眼都拒絕，由此可知你的人格有多麼低級——信上一開始便抱怨連連，最後則以身爲前輩，不收後進爲食客太過鄙吝等攻擊，作爲結尾。馬琴大動肝火，立刻寫了回信。其中寫道敝人的小說讓你這種淺薄之徒讀了，簡直是一生的恥辱。之後對方杳無音信，大概直到今日都還在爲小說打草稿，夢想著總有一天全日本的人都能讀到吧。

馬琴這段記憶中，爲長島政兵衛其人感到可憐的同時，也不得不覺得自己同樣可憐，這使他感到無以言喻的寂寞。然而，太陽無心的融化桂花的香氣，芭蕉與梧桐葉悄然靜止，連老鷹的鳴聲也如同往常般高亢清亮。這自然與世人——十分鐘後，女傭阿杉來通知道午飯已準備好之前，他就這麼怔怔的倚在緣廊的柱子旁，彷似如在夢中。

十

獨自用完寂寥的午飯後，好不容易又躲回了書房，爲了排遣浮躁不寧的煩悶情緒，他打開了許久未讀的《水滸傳》。恰巧翻開的那頁，是風雪夜裡豹子頭林冲在山神廟看見火燒草料場的一段。這段戲劇性的場景總是讓他興致盎然。但是再看下去，反倒有了種莫名的不安。

去拜佛的家人還未回來，家中悄靜無聲。他調整了一下陰鬱的心情，拿起《水滸傳》，吸起了沒什麼味道的菸草。在煙霧中他聯想到平時就存在腦中的疑問。

那個疑問在他作爲道德家與藝術家之間一直糾纏不休。以前，他對「先王之道」毫無懸念，他的小說如同他公開所說的，正是「先王之道」的藝術表現。所以，這裡面並無矛盾存在。但是，「先王之道」給予藝術的價值，與他的心情意欲給予藝術的價值之間，卻意外的有著一大鴻溝。因此，在他心中的道德家肯定了前者，但同時他心中的藝術家肯定了後者。當然，他並非沒有廉價的妥協性思維，去突破這個矛盾。事實上，他向公眾宣告這種優柔寡斷的調和說，也試圖在隱藏他對藝術含糊不清的態度。

但是，就算騙得了公眾，也騙不了他自己，他雖然否定戲作的價值，稱它爲「勸善懲惡的工具」，然而當他湧起對藝術磅礴的興致時，便會驀然感到不安。——《水滸傳》的一節剛好在他的情緒上激發出意料之外的結果，也是因爲這個原因使然。

在這點上怯於思索的馬琴，默默的抽著菸，強迫自己把思慮轉向出門在外的家人身上。然而，《水滸傳》就放在他眼前，它所導致的不安沒那麼容易從念頭散去。恰巧這時，好久未見的華山渡邊登[15]來訪，他身穿整套和服外掛和褲子，腋下抱著個紫包袱，大概是來還之前借的書吧。

馬琴十分欣喜，特地到玄關去迎接這位好友。

「今日上門來歸還向您借的書，順便有件東西也想請您看看。」

崋山進了書房，果真這麼說。仔細一看，除了包袱之外，他還拿著一副用紙卷成的畫絹。

「您若是有空，能否看一下？」

「哦哦，那快讓我看看吧。」

崋山略微刻意的微微一笑，像要掩飾自己躍然的情緒，然後展開紙卷中的畫絹。畫中央兩個男子站著拍手談笑，前前後後稀疏的畫著蕭索的禿樹。散落在林間的黃葉與群集亂飛於樹梢的烏鴉——畫面不論哪個角落，都瀰漫著微寒的秋意。

馬琴的眼睛看著這淡彩的寒山拾得圖，漸漸發出光芒，帶著柔和的濕潤。

「畫得一如往常的好。讓我想起了王摩詰[16]，食隨鳴磬巢烏下，行踏空林落葉聲的意境啊。」

15 渡邊崋山（一七九三—一八四一）：江户時代後期的武士、畫家、政治家。原名渡邊定靜，通稱渡邊登，最初號華山，三十五歲時改為崋山。對日本的思想啓蒙貢獻良多，使日本人對西方文化有了全新理解。被譽為「幕末偉人」和「日本開國史上的第一人」。

16 王摩詰：唐朝詩人王維，字摩詰，號摩詰居士。

十一

「這是昨天畫的，我自己還算滿意，所以帶了過來，若是您老人家喜歡，就送給您。」

崋山搓搓長出鬍碴的下巴，志得意滿的說。

「不過，雖然還算滿意，但是與以前的畫作也差不了多少，——畫了這麼久，總是不能畫得稱心如意。」

「太感謝了，每次都承蒙你送畫，眞是不敢當。」

馬琴眼看著畫，嘴裡喃喃道謝。這時他心裡不知爲何閃過了自己還未完成的工作。然而崋山毫無察覺，仍然滿腦子想著他的畫。

「看到古人的畫時，我總是感嘆，爲什麼能畫得這麼維妙維肖，樹木是樹木，石頭是石頭，人物是人物，而且其中描繪的古人心境，不緩不急的躍然紙上。簡直是絕妙極了。如我輩之流，若是說到意境，只能算是個孺子。」

「但古人說，後生可畏啊。」

見崋山整幅心思都放在自己的畫上，馬琴不禁心生豔羡，一面賞著畫若無其事的開了個玩笑。

「後生的確可畏，所以我等只是存在於古人與後生的夾縫間，動彈不得，無何奈何的被後人推著前進。不過，不只是我等如此，古人亦是，後生亦是啊。」

「若是止步不前，立刻就會被推倒。所以如何跨出一步，所下的工夫最是重要了。」

「是呀，這比什麼都重要。」

主客兩人都為自己所說的話所打動，一時靜默下來，一起側耳傾聽秋日靜謐的聲響。

「《八犬傳》進展得還順利嗎？」

不久，崋山開了另一個話題。

「沒有，一再延滯不前，坐困愁城。這一點我也比不上古人。」

「您老人家這麼說，那我更加不知所措了。」

「要說到不知所措，誰也比不上我。但是，不論如何，我也只能走一步算一步了。說起來，這陣子我已有了與《八犬傳》決一死戰的準備。」

說到這兒，馬琴像是慚愧似的苦笑。

「心裡想著，只不過是戲作罷了，但是很多時候沒那麼輕易放得下。」

「我的畫也是一樣，既然已經下了筆，就會想要把它畫到最好。」

「彼此都在決一死戰哪。」

兩人高聲大笑起來。但是，笑聲中流露出只有兩人才了解的孤寂。但同時，主客兩人又一同從這種孤寂中感受到一股強烈的亢奮。

「不過還是畫畫令人羨慕哪，光是不用受到朝廷的責難，就勝過一切了。」

這次輪到馬琴話鋒一轉。

十二

「確是不曾——但是您老人家寫的書，應該沒有這層擔心吧。」

「哪裡，擔心得很呢。」

馬琴舉了個官員審閱圖書時醜態畢露的實例。他的小說中寫到官吏收取賄賂一節，因而被要求改寫。於是他如此批評道：

「那些審閱官員越是挑剔責難，越是會露出狐狸尾巴，這豈不有趣嗎？因爲自己收取賄賂，便見不得別人寫出賄賂一事，而逼人修改。或者是自己心思動不動就猥褻下流，所以見到書裡寫到男女之情，便把所有的書都打成淫穢之書了。然後還以爲比起作家，自己的道德高人一等，眞是可笑之極。換個說法，那種作爲就是猴子對著鏡子齜牙威嚇。自己對自己的下流生氣罷了。」

馬琴的比喻太中肯，逗得崋山忍不住失笑。

「那種事常可見到。但是，即使讓您改寫，也不會是您老人家的恥辱。不論檢閱官怎麼說，只要您的著述出色，一定就有它的價值。」

「即使如此，但是他們專橫的惡行太多了。對了，有一次我寫了送衣食到牢獄中的情節，也被刪了五六行。」

馬琴自己一邊說，和崋山一起噗哧的笑起來。

「但是，五十年或一百年後，那些檢閱官早已作古，《八犬傳》卻能留傳後世。」

「不管《八犬傳》能否留傳後世，但說不定永遠都會有檢閱官這號人物。」

「會嗎？我不這麼認爲。」

「不，就算檢閱官沒了，不管哪個世代，都少不了檢閱官那種人。若以爲焚書坑儒只發生在古代，那可就錯了。」

「您老人家最近老是說這種喪氣話。」

「並不是我喪氣，而是對檢閱官這種人橫行世間感到灰心。」

「那就繼續努力寫作吧。」

「我看也沒有別的辦法了。」

「所以，我們還是一樣一決死戰嗎？」

這次，兩人都沒笑。不只沒笑，馬琴還稍微板起臉看著崋山。崋山這句玩笑話對他而言似乎異樣的尖銳。

「但是，年輕人首先要懂得存活下去，決戰何時都能做。」

停了半晌，馬琴如此說道。因爲他知道崋山政治上的主張，這時油然感覺到一種不安吧。但是，崋山只是微笑，並沒有答話。

十三

崋山回去後，馬琴將尙仍高張的情緒轉爲助力，一如平常的伏在案前，接著寫起《八犬傳》。他從以前就有個習慣，在往下撰寫之前，會把昨天寫的文章重看一遍。因此，他今天也提起精神，把多張在細密行間改得滿篇通紅的稿子，仔細的重讀一遍。

然而，不知爲何，寫的稿子完全不合他的心意。字裡行間藏著雜音，破壞了整體的協調。剛開始的時候，他把這種情形解釋爲自己火氣太大。

「是今天心情太差的關係，照理說，寫好的稿子是照著自己的構想所完成的。」

他如此思忖著又再讀了一次。然而還是與剛才一樣雜亂無章。他的方寸大亂，幾乎不像個老人。

「再前一章如何呢？」

他把更前面的章節也瀏覽了一遍。這段也胡亂充斥著草率的文句，散置於章節中。他再讀了更前一章，然後又讀了前前一章。

然而越往前讀，陸續在眼前展開的卻是拙劣的安排與毫無條理的文章。從文中的敘景，無法想像出任何景象，文中的詠歎不帶有任何感動，還有些推理不出任何邏輯的論辯。他花了好幾天工夫寫成的幾章稿子，如今在他的眼中看來，全都只是無意義的嘮叨。突然間，他感受到心頭被刺了一刀的痛苦。

「只能從頭開始重寫了。」

他在心裡吶喊一聲，忿忿的把稿紙推開，拄著一隻手臂，索性躺了下去，但眼神卻沒離開桌面，也許心裡還是惦記著吧。他在這張桌上寫過《弓張月》[17]，寫過《南柯夢》[18]，而現在寫了《八犬傳》。這桌上的端溪石硯、蹲螭的文鎮、蝦蟆造型的水壺、浮刻著獅子與牡丹的青磁硯屏，還有刻著蘭花的孟宗竹筆筒——這所有文具，對他創作的艱辛早已十分熟悉。看著這些文具，他不禁生出不祥的不安，好像今天自己的失敗，在他一生精心的著作投下了陰影，又好像他自己的實力根本有問題。

「直到剛才，他還覺得自己將寫出一本本朝曠世的傑作。但說不定那只是平庸的自命不凡罷了。」

這種不安為他帶來了難以忍受的落寞與孤獨之情。他在他所尊敬的中、日天才面前，從來不忘謙遜的態度。但是，對於同時代庸碌之輩的作家們，卻是傲慢不遜，因而

17《椿說弓張月》：刊行於一八〇七至一八一一年，內容描述琉球王朝的開國奮鬥史話。
18《三七全傳南柯夢》：刊行於一八〇八年。描述歌舞伎美濃屋三勝與赤根屋半七的殉情事件，並融入中國唐代小說《南柯記》。

他如何能輕易承認自己與他們同樣平庸，而且還是他最厭惡的野人獻曝呢。而且他自我的意識太強大，沒辦法躲進「澈悟」或「想開」來逃避。

他側身躺在書桌前，像個落難的船長看著母船沉沒般，注視著自己失敗的稿子。靜靜的與絕望的威力戰鬥。如果不是此時他身後的隔扇猛的被拉開，一雙柔軟的小手隨著「爺爺，我回來了」的稚嫩呼喊，摟住了他的脖子，他恐怕就要永遠沉溺在這憂鬱的心情中了。但是，孫子太郎一拉開隔扇，用只有孩子才有的大膽和率直，撲的跳上馬琴膝上。

「爺爺，我回來了。」

「哦哦，回來得眞早啊。」

這話一出，《八犬傳》作者皺紋滿布的臉，立刻發出喜悅的光輝，宛如換了一個人。

十四

茶室那邊傳來中氣十足的妻子阿百與內向兒媳阿路熱鬧的說話聲，時而夾雜著男子粗嘎的聲音，看來正巧兒子宗伯也回來了。太郎跨坐在爺爺膝上，故作認眞的凝視著天花板，全神貫注的在傾聽什麼。吹過外面寒風的臉紅通通的，小小鼻孔的周圍隨著呼吸而起伏。

「那個，我有話跟爺爺說。」

穿著繡有紅褐小家徽和服的太郎，突然這麼說。他努力思索，又努力忍笑，因此，臉上的酒渦一會兒出現，又一會兒消失。——這讓馬琴忍不住莞爾。

「每天都要。」

「嗯，每天都要？」

「好好用功。」

馬琴終於噗哧大笑。然而邊笑還不忘馬上接問道：

「還有呢？」

「還有——呃——不可以亂發脾氣。」

「哦哦，就這些嗎？」

「還有啦。」

太郎說著，仰起繫著糸鬢奴髻的頭，自己也笑了。他瞇起眼睛，露出潔白的牙齒，笑的時候擠出小小的酒渦，看著他的笑，馬琴實在不認爲等他長大後，會長得像世人那種可憐的模樣。馬琴沉浸在幸福的心情中，思索著這一點，更加令他心情大好。

「還有什麼呢？」

「還有，還有好多話哦。」

「比如說呢？」

「我想想哦——因爲爺爺以後會變得更了不起。」

「變得了不起，所以呢？」

「所以，叫你要多多的，要多多忍耐。」

「我是在忍耐啊。」馬琴忍不住正經八百的說。

「是叫你要更多、更多的忍耐。」

「是誰這麼說的。」

「這個嘛。」

太郎促狹似的瞄了他一眼，然後笑了。

「是誰呢。」

「對了，今天你們去拜佛，所以一定是從廟裡的和尚那兒聽來的吧？」

「不是。」

太郎不假思索的搖搖頭。從馬琴的腿上半挺起身，下巴往前伸。

「那個呀。」

「嗯。」

「是淺草的觀音菩薩說的。」

說完同時，這孩子便開心的大笑起來，笑聲大得全家都聽得見。他怕被馬琴抓住，急忙從他身旁溜開。然後看著爺爺被捉弄的樣子，開心的拍起小手，瞬即連滾帶爬的往茶室的方向逃走。

就在這時，馬琴的心裡閃過某個嚴肅的意念，雙唇揚起幸福的微笑，眼中不知何時已充滿了淚水。這個玩笑是太郎自己想出來的，還是母親教的呢，他已經無意追問，只是對這一刻從孫子嘴裡聽到這句話，感到不可思議。

「原來是觀音菩薩說的啊。要多用功，不要發脾氣，還有要多多忍耐。」

六十幾歲的老藝術家，像個稚童般含笑帶淚的對自己說。

十五

那天晚上。

馬琴就著圓座燈的昏黃燈光，開始寫起《八犬傳》。寫作時，家裡所有人都不得進書房來，鴉雀無聲的房間裡，只有燈芯吸油的聲音與蟋蟀的叫聲訴說著無盡長夜的寂爹。

開始下筆時，他的腦中只有微光在閃動，然而，寫了十行、二十行之後那微光漸漸變大，從經驗上，馬琴知道它代表了什麼意思，所以運筆時特別謹愼小心。靈感來時與火焰沒什麼兩樣，若是不知道如何升火，即使點著了也會立即熄滅。

「別心急，盡可能想清楚一點再寫。」

馬琴不時警惕著奔騰不羈的筆，一再對自己說，但是剛才腦中如星光碎片的微光，奔流如同大河。而且不斷加重力道，千軍萬馬般推著他前進。

他的耳朵已聽不見蟋蟀聲，就著圓座燈的微光，他的眼睛也不以爲苦。那筆如同自生氣勢，在紙上一瀉千里。他拿出與神仙肉搏的態度，幾乎用生命在寫。

腦中的大河正如橫越天空的銀河，滾滾溢流而出。他既害怕這凶猛的氣勢，也擔心萬一自己的體力難以駕馭它。於是，他握緊了筆，一次又一次的對自己呼喊：

「拚盡全力的寫吧，現在自己寫的東西，也許改天就寫不出來了。」

但是，如同光霧一般的河流，一點也沒有放緩的跡象，反而在令人眩目的飛躍中，淹沒了一切，澎湃的朝他撲打過來。他終於完全任由擺布，以狂風暴雨的勁頭，驅使著筆往大河的方向寫去。

這時他有如王者的眼中看見的，既不是利害關係，也不是愛恨情仇。連爲毀譽煩惱的心也都掃除一空。他有的只是不可思議的喜悅，或者著迷般的悲壯感動。如何才能讓不了解這種感動的人，體會到戲作三昧的心境？理解戲作家莊重的靈魂？「人生」走到此境，如同洗去了一切殘渣的新礦石般，晶瑩閃耀在作家的面前。……

在他寫作的時候，妻子阿百與兒媳阿路，面對面坐在茶室的座燈旁補衣服，太郎大概已經哄睡著了吧，身體羸弱的宗伯，從剛才就坐在稍遠處忙著揉藥丸。

「你爹還沒睡吧？」

好一會兒，阿百拿起針沾沾髮油，不太高興的嘀咕。

「一定是靈感一來，寫得忘了時間了吧。」

阿路眼光不離針的回答。

「眞是麻煩精哪，又賺不了多少錢。」

阿百說了這話，看看兒子與媳婦。宗伯假裝沒聽見，閉口不答。阿路也默默的運針走線。蟋蟀不論在這兒，還是書房，都一視同仁的鳴唱著秋意。

——〈戲作三昧〉，初刊於《大阪每日新聞》[19]，一九一七年十月二十日至十一月四日

19《大阪每日新聞》：大阪新聞報社，於一八八八年時成立。芥川於一九一七年在《大阪每日新聞》報上連載小說〈戲作三昧〉，一九一九年正式於《大阪每日新聞》任職。

地獄變

一

堀川大主公那個人物，過去也就罷了，恐怕連後世也不會出現第二人。聽傳聞說，那位大人誕生之前，大威德明王[1]曾現身在其母夢中枕畔，總而言之他從一出生便與眾不同，所以，那位大人的行事作風，自然也都出乎吾等小民的意料。簡言之，雖然我等見過堀川府邸，它的規模該說是宏偉還是豪放呢，總之其大膽之處，皆非吾等庸人之見所能企及，其中也有人對府邸提出種種指摘，將大主公的德性與始皇帝或煬帝相提並論，但那不就是俗話所說的瞎子摸象嗎。這位大人度量寬宏，他的思慮絕非只爲了一己的榮華富貴，反倒是更加考慮到庶民百姓，換個說法便是與天下共享之。

所以，就算他在二條大宮遇到了百鬼夜行[2]，也不會出什麼麻煩，另外，以模仿陸奧塩竈的景色享有盛名的東三條河原院，傳說夜夜出現的融左大臣亡靈，若是受到大主公的斥喝，一定也會消聲匿跡。正由於他威猛過人，當時洛中的男女老幼只要一說到大主公，便把他當成菩薩轉世般崇敬，也不是沒有道理的。有一次，他從宮內梅花宴回府時，拉車的牛脫了韁繩，撞傷路過的老人時，那老人甚至還合十感謝自己被大主公的牛撞到。

因爲這種緣由，大主公生前的許多事蹟都成爲流傳數代的話題。像是大宴時犒賞賓客的贈禮光是白馬就有三十匹，或是讓他寵愛的童子獻祭爲長良橋橋柱[3]，另外還讓傳

1大威德明王：佛教中的大威德金剛，又稱閻曼德迦、怖畏金剛。

2百鬼夜行是指妖魔鬼怪列隊在夜裡遊蕩，活人若是不幸遇到，就會生重病或是走惡運。傳說在平安時代，京都的一條大路附近是個與鬼界交錯之地，因而經常有妖怪出沒，在《今昔物語集》或《大鏡》等古籍中，有貴族於二條大宮遇到百鬼夜行，但他在衣服內縫了尊勝陀羅尼的護身符，得以倖免於難，這段故事在日本家喻戶曉，因之作者引以為例。

3日本古時蓋橋樑工事遇到困難時，會認為是違背神意所致，而將人埋於橋柱下做為祭品。

授華陀之術的中國僧人，剜去他腿上的瘡——可以說不勝枚舉。不過這爲數眾多的逸事中，沒有一件像如今成爲府中珍寶的地獄變屏風由來那麼恐怖的。連平日不動如山的大主公，在那時都難得受到驚嚇。更別提我等隨侍在側的下人，自然是嚇得魂飛魄散。其中如我，侍奉大主公二十年來，從來沒有見過那麼驚悚的事。

但是，在說起這個故事之前，必須先談談畫出那幅地獄變屏風的畫師良秀，是何許人物。

二

提起良秀這個名字，也許至今還有幾個人記得他。良秀是位大名鼎鼎的畫師，當時的畫藝可說無人能出其右。那件事發生時，他已經快到五十，外表看上去只是個矮小、皮包骨、愛刁難的老頭。他到大主公府邸的時候，經常穿戴著暗褐色的長衫與軟烏帽，但因爲人品低賤，看起來毫無老年人的氣度，尤其嘴唇特別紅潤，帶著點類似野獸的味道，令人毛骨悚然。有人說他因爲舔舐畫筆，所以才把嘴唇染紅，不過事實如何不得而知。不過某個說話刻薄的人說，良秀的舉止動作像隻猴子，還給他起了猿秀的諢名。

說到猿秀，還有這麼個故事。那時候，良秀的十五歲獨生女在大主公府邸裡服侍。這女兒與親生的父親一點也不相似，長得嬌美可愛。而且不知是不是因爲早年喪母的關係，待人體貼周到、聰明伶俐，而且心思細密，有著不符年紀的早熟，所以從主公夫人到外院的侍女們都十分疼愛她。

某次，丹波國派人獻上一隻人養的猴子，少主正値調皮的年紀，便把牠取名爲良秀。那猴子的模樣本來就長得滑稽，再取上這麼個名字，府邸中無人不感到可笑。若只是笑笑倒也還好，每當猴子爬上庭中松樹，或是把房間草蓆弄髒的時候，大家就會良秀、良秀的叫牠，總之就是尋牠開心。

但是，有一天，前面提到的良秀之女拿著繫著書信的寒紅梅枝，走過長廊的時候，那隻小猴良秀從遠遠的房門外，一跛一跛的逃了過來，牠的腳好像是受了傷，也少了平時一溜煙爬上柱子的精神。而且少主公正揮著細枝條跟在後面叫道「橘子小偷，等等、等等」，一面向牠追來。良秀之女見狀楞了一下，正好小猴奔逃而來，抓住她的褲腿邊，發出哀求的啼聲。——良秀女兒不由得心生憐憫。一隻手仍然握著梅枝，另一隻手輕輕翻開淡紫色的衣袖，溫柔的抱起猴子，在少主面前躬下身子，淡淡的說：「小女惶恐，但這猴子是個畜生，請您饒了牠吧。」但是少主才剛氣呼呼的跑來，面色鐵青的跺著腳說：

「你爲什麼護著牠，這猴子偷了我的橘子呢。」

「牠只是個畜生罷了……」

小女兒又說了一遍，然後露出淒涼的微笑，提起勇氣說：「而且牠叫做良秀，見牠受罰宛如我父親受罰，小女子實在不忍見牠受苦。」少主公聽了這話，就算是再好勝也不得不讓步。

「是嗎，既然你是爲父親求情，我就饒了牠一次好了。」

少主不甘不願的說完，把細枝條丟在地上，又跑回到房門那兒去了。

三

自從那次之後，良秀之女與這隻小猴便成了好友。那姑娘用美麗的紅線串起大小姐送她的黃金鈴鐺，掛在猴兒的頭上，猴兒不管發生什麼事，總是寸步不離姑娘身邊。即使姑娘受了風寒，臥病在床時，小猴也會坐在枕畔，不時咬起指甲，露出擔憂的表情。

最奇妙的是，所有人也不再像先前那樣，欺負這隻小猴了。反而漸漸疼愛牠，最後連少主也不只經常丟柿子或栗子給他吃，若是哪個侍從踢了小猴一腳，他更會大發雷霆。後來，大主公特地要良秀之女抱著猴子上殿晉見，也是因爲聽人說少主公發脾氣的事，因而也自然得知良秀之女疼愛小猴的緣由。

「眞是個孝順的孩子，我要賞賜你。」

在大主公授意下，良秀之女得到了紅袙衣的賞賜。但是猴子也似模似樣的模仿恭敬領受袙衣的樣子，所以大主公更加歡喜了。所以，大主公之所以偏愛那姑娘，絕不是如世人所說的好色，完全是爲了獎賞她疼愛這隻猴子和父慈子孝的美德。雖然會產生那樣的流言也並非沒有道理，不過這部分容後再細談。只是我先說在前，不管她如何美麗，大主公都不可能愛上畫師的嬌媚女兒。

至於良秀之女，風風光光的從大主公座前退下，不過她原本就是個聰慧伶俐的孩子，所以那些粗鄙的外院侍女並不會嫉妒他，相反的，自從蒙主公召見後，她與小猴兒更加受到寵愛，尤其是小姐殿下總是把她帶在身邊，寸步不離，連乘車出外都要她作伴。

小女兒的事先擱一邊，再談談她的父親良秀吧。原來那隻小猴沒過多久就得到眾人的喜愛，但偏偏良秀還是一樣惹人嫌，大家依然在背後叫他猿秀。而且，還不只在府邸裡，現在連橫川的大和尚一說到良秀，就彷彿遇到魔障一般，臉色大變，恨之入骨。（雖然這大概是因爲良秀把大和尚的言行畫入春宮畫，不過這都只是販夫走卒們的傳聞，未必眞是如此）。總而言之，不論問誰，他在眾人眼中都是聲名狼藉。若說有什麼人沒說他壞話，就只有兩三名畫師同好，或是只見過他的畫，未知其人品的人。

但是，實際上，良秀不只是長相猥瑣，他的壞習性更令人討厭，所以只能說他是自作自受。

四

說到他的壞習性，吝嗇、刻薄、無恥、懶惰、貪婪——而其中最嚴重的就是目中無人、傲慢無禮，不論何時，都把自己才是本朝頂尖畫師掛在嘴上，若是只提畫藝倒也無妨，但他嘴硬不認輸，連世人的習俗、慣例，他都斥爲無稽。據在良秀膝下學習多年的弟子說，有一日某個宅邸富享盛名的檜桓女巫被神靈附身，傳達可怖的神喻時，良秀也恍若未聞，同時拿起現成的筆墨，將女巫猙獰的臉仔細的畫下來。大抵上神靈降禍，在他的眼裡恐怕也只是騙小孩的勾當。

就因爲他這個德性，繪畫吉祥天[4]的時候，他用卑下的傀儡來描摹，畫不動明王的時候，則模仿流氓無賴放蕩的神情，做了許多徒然無益的模仿。質問他本人，他卻輕蔑的說：「我良秀畫的神魔，如果會對良秀降下天罰，那才是匪夷所思。」連他的弟子聽了也目瞪口呆，其中也有不少弟子擔心未來定有劫難，便收拾行李匆匆告辭了。——總之一句話，他自以爲世上沒有比他更了不起的人物，這就叫做不可一世。

因此，良秀在畫藝方面如何唯我獨尊，就不用我多贅述了。尤其是他的畫，在運筆或色彩，與外界的畫師完全不同，所以，交惡的畫師同好之間大都批評他的畫很邪門。那些畫師們說，從前聞名一時的畫匠，如川成或金岡[5]筆下的畫作，都會留下優美的傳聞，像是門板上的梅花，每逢月夜便會散發清香，屛風上的宮人吹笛，彷彿清晰可聞。但是良秀的畫卻不然，不論何時只會留下毛骨悚然的奇妙評語。譬如，他在龍蓋寺的門上畫了《五趣生死圖》[6]，聽說半夜經過門下，會聽到天人的嘆息或啜泣聲，甚至還有人聞到屍臭味。另外，奉大主公旨意畫的女眷肖像，畫中之人不到三年全因氣力衰弱的毛病而過世。如果說得難聽點，這便是良秀之畫著了邪門歪道最好的證據。

不過，正如前面所說，良秀本就是個蠻不講理之人，所以他反而自鳴得意，即使大主公開玩笑的說：「你看起來特別喜歡醜陋的事物」時，他那老年人不應有的紅唇便露出猥瑣的笑意，目中無人的說：「殿下所言甚是，平庸的畫師哪裡懂得醜陋之美。」

就算是本朝頂尖的畫師，他竟然如此大膽，敢在大主公面前自吹自擂，難怪前面舉例比較親近的弟子私下爲師父取了個諢名，叫「智羅永壽」，暗諷他自以爲了不起。如各位所知，「智羅永壽」是從前中國渡海傳來的天狗名字。

但是，即使是這位仁兄——這位專橫跋扈無以名狀的良秀畫師，仍然保有一絲人間之情。

4吉祥天：佛教中施福德的女神。
5川成、金岡：平安時代初期的貴族畫家百濟河成（《今昔物語》中記為川成）與巨勢金岡。
6《五趣生死圖》：指地獄、餓鬼、畜生、人、天等五道眾生的生死。

五

那就是良秀瘋狂般的疼愛他的獨生女兒。如同前面提到，他的女兒極爲爲體貼孝順。但是良秀對她的寵愛也不亞於她。只要女兒身上穿的衣裳、髮飾，這個從來不捐獻任一寺院的人，卻可以一擲千金的爲她置辦，聽起來難以置信吧。

不過，良秀對女兒只曉得疼愛，卻連作夢都不曾想過幫她招個好女婿。不只如此，若有男子向她搭訕，他反而還會起個念頭，找一些街頭痞子把那人暗地裡修理一頓。大主公把他女兒升爲小侍女時，他大爺甚至憤憤不平，即使當場喚他拜見大主公，他也臭著一張臉。所以外面流傳大主公看上美麗的女兒，無視其父不情願還是硬要納爲己有的說法，大概是從這裡推斷出來的吧。

儘管這個流言並非事實，不過良秀愛女心切，始終祈禱著女兒解職離府卻是事實。有一次，大主公命他畫稚兒文殊菩薩，他臨摹大主公寵愛的童子臉蛋，畫得十分出色，大主公龍心大悅，慷慨施恩道：「你想要什麼儘管說，我都賞賜給你。」見良秀態度恭謹的樣子，不知他會說些什麼。

不料他卻面無懼色的說：「求主公高抬貴手，放小女回家。」若是其他府邸倒還好說，但是在堀河大主公殿下身旁服侍，就算是再寵愛，也不能如此無禮的提出這種請求。像他這種行徑，放眼天下也找不到第二人。一向寬宏大量的大主公略顯不悅，他默默的注視著良秀好一會兒，然後才沒好氣的說：「那可不行。」然後立刻站起來。這種事前後發生了四五次，現在回想起來，大主公看待良秀的眼神，一次比一次冷淡。女兒也因為擔心父親，每次下工回到房裡，經常咬著袿衣袖暗自飲泣。因此大主公迷戀良秀之女的謠言更加不脛而走。也有人說地獄變屏風的由來，其實是因為那姑娘對大主公意旨抵死不從的緣故，但這種事根本是空穴來風。

從吾等的眼光看來，大主公不肯放走良秀之女，全是因為憐憫那姑娘的身世，大主公認為，讓她留在府邸，自由自在的生活，再怎麼樣都比跟在那個頑固老頭身邊好。當然那姑娘本來就是個溫柔婉約的女子，大主公特別愛護她也是可想而知，但是若說他貪好女色，恐怕是牽強附會的說法，應該說，根本是無跡可尋的謊言。

不管傳聞怎麼說，就在大主公因爲姑娘的事，對良秀漸趨冷淡之時，大主公不知爲何突然召見良秀，令他畫一幅地獄變的屛風。

六

一提起地獄變的屛風，那恐怖的畫面景象還是歷歷如新的浮現在我的眼前。

良秀畫的地獄變，與其他畫師相比，從一開始的構圖上就完全不同。因爲從屛風一角的十王及其眷屬的身影開始，還有一整面紅蓮大紅蓮[7]中將刀山劍樹都燒融的烈火漩渦。所以，除了仿唐的冥官衣裳，點綴著零零星星的黃與藍色之外，到處都是熊熊的火焰色彩，中間墨汁飛濺的黑煙與金粉散布的火星，如同卍字一般飛舞飄落。

光是如此，其筆勢便已令人瞠目結舌，而且那些遭受業火燒炙、痛苦翻滾的罪人們，幾乎每一個人物也都和一般的地獄變不一樣。因為良秀畫的這些罪人當中，上從公卿貴族，下至乞丐賤民，他把三教九流的人都畫進去了。有穿著朝服、威風凜凜的大臣，衣裳豔麗的小侍女，數著念珠的念佛僧人、穿著高木屐的武士學生、穿著長外衫的女童、手持拂塵的陰陽師——人物繁多數算不盡。總而言之，在火與煙的翻滾中，形形色色的人承受牛頭馬面獄卒的虐待，如同大風吹散的落葉般，向四面八方逃竄。髮上纏著鋼叉、手腳如蜘蛛般蜷縮的女子，應該是女巫那類的人吧。鐵矛刺穿胸口，如蝙蝠般倒立的人，一定是新上任的太守。其他還有被鐵條鞭笞、被千斤重石壓住、或是被怪鳥的嘴叼住，又或遭毒龍啃噬——有多少罪人就有多少殘虐的手法。

而其中尤其引人注目的殘忍景象，是一輛從空中掉下來，一半掠過有如獸牙的劍樹頂部（許多死者的身體和四肢插進劍樹的樹梢上）。地獄的陰風吹開了牛車的布簾，裡頭坐著穿著華麗宛如后妃的女子，丈長的頭髮在火焰中飄動，仰起白皙的頸部痛苦掙扎。不論是那些女眷的姿態，還是燃燒的牛車，無不令人聯想到火熱地獄的折磨。換句

7佛教經典中描述的八寒地獄，其第七層為紅蓮地獄，第八層為大紅蓮地獄。

話說，這寬闊畫面的驚恐，都集中在這個人物上。她的神情出神入化，注視她時甚至懷疑耳邊是否傳來淒厲的哭喊聲。

啊，就是它，那可怕的事件就是爲了畫它才發生的。若不這麼做，任憑他良秀多頂尖，也畫不出如此生動的地獄之苦。這位仁兄爲了完成屏風的畫，付出了連性命都得捨棄的悲慘代價。換個方式說，這張畫的地獄，也是本朝頂尖畫師良秀自己不知何時會墜入的地獄……

我太急於說出那副稀奇的地獄變屏風，也許說話的順序有些顛倒。但接下來就來談談接下大主公命令，繪製地獄變的良秀又發生了什麼事。

七

接下來的五六個月，良秀完全沒在府邸露面，專心一意的繪製屏風。他那個人愛女如命，但是一旦畫起畫來，卻連女兒一面都不想見，眞令人難以置信。根據前面提到的弟子所言，這位大師一旦投入工作，就有如中了邪一般。其實當時的風評都說，良秀之所以在畫藝上成名，是因爲向福德大神立了誓，有人言之鑿鑿的說若是偷偷躲在他畫室的陰暗處偷看，必定會看到不只一隻靈狐，前後左右的聚集在他身邊。就因爲如此，他只要一拿起畫筆就會專心作畫，其他一切都拋到腦後。晝夜不分的閉門不出，幾乎不見天日——尤其是畫地獄變的屛風時，更是沉醉其中，不能自拔。

我會這麼說，是因爲他待在白天也緊閉窗門的房間裡——並不是就著油燈台調製祕密的顏料，或是讓弟子穿上短褂或長褂等裝飾，一個個細心的描模他們的神態。如果是那種異於常人的習慣，就算不是畫地獄變的屛風，只要他投入工作時，隨時都可能這麼做。就像他在畫龍藍寺的五趣生死圖時，正常人一瞧見便會轉開視線的路邊屍體，良秀卻會悠悠然蹲在它面前，將那快腐爛的面孔或手腳，連毛髮都一寸不差的臨摹下來。那麼他沉迷其中的事究竟是什麼呢。想必有人意想不到吧。雖然現在無暇把它細說清楚，不過在我告訴您主題之前，先發生了下面的狀況。

良秀的一名弟子（便是前面提到的那個弟子）有一天正在調製顏料，突見師父過來說：「我想睡個午覺，但是最近經常做惡夢。」

這並非什麼不尋常的事，所以弟子沒停下手邊的工作，只是簡單的回應道：「這樣嗎？」

沒想到良秀難得露出落寞的表情，低聲下氣的央求道：「午睡的時候，能不能請你坐在我枕邊？」

弟子雖然覺得師父如此介意惡夢，委實不可思議，但它畢竟不是什麼麻煩事，便答應了。不過師父似乎還放心不下，猶豫再三後命令他：「那麼你立刻到屋裡來，待會兒其他弟子來時，也別讓他們進入我的房間。」他說的屋裡就是良秀畫畫的房間，那個日夜都緊閉門窗的屋裡，點著昏黃的油燈，只用碳筆畫出草圖的屛風則圍繞在屋內四周。那弟子一進入屋內，良秀便以臂爲枕，猶如筋疲力竭一般，立刻沉沉睡去。不到半個時辰，坐在枕邊的弟子，開始聽到難以形容、毛骨悚然的聲音。

八

剛開始時只是聲音，但是過了一會兒之後，漸漸變成斷斷續續的話語。他像是溺水的人在水中呻吟般說著。

「什麼，你叫我去——哪兒——叫我去哪兒？來地獄。來炎熱地獄。——誰啊，說這話的人——你是誰——我以爲是誰呢。」

弟子停下調製顏料的手，戰戰兢兢的朝師父瞄了一眼，皺紋滿布的臉不但蒼白異常，還冒出大顆的汗珠。嘴唇乾澀、齒牙稀疏的嘴裡，有個東西彷彿繫上了線拉扯般快速扭動，仔細一瞧，那不就是師父的舌頭嗎。斷斷續續的夢話，就是從那舌頭吐出來的。

「我以爲是誰呢——唔，是你吧。我也猜著是你了。什麼，你是來接我的。那就來啊，到地獄來啊。地獄有我的女兒在等著。」

那時候，弟子的眼光看到有個朦朧的怪異影子，從屏風表面掠過，搖曳著降落下來，令他渾身打了個冷顫。當然，弟子立刻伸出手，使盡全力想把良秀搖醒。然而師父依然在夢境中胡言亂語，並沒有轉醒過來。於是，弟子把心一橫，拿起一旁的洗筆水，一古腦潑到良秀的臉上。

「我會等著你，就坐這車來吧——坐上這車，到地獄來——」說這話的同時，他的聲音變成被掐住咽喉般的呻吟，然後，良秀才幽幽的睜開眼睛，宛如被刺了一針似的當場跳了起來。夢裡的妖魔鬼怪大概還留在眼底吧。一時間，他露出驚駭的眼神，嘴巴張得大大的，凝視著空中。好一會兒才回過神。

「已經沒事了，你走遠點。」這次他卻冷冷的這麼說。弟子知道如果這時候不順從他，之後又要嘮叨個沒完，所以匆匆離開了師父的房間。再次見到室外明亮的陽光時，他鬆了一口氣，彷彿自己也剛從惡夢中醒來一般。

但是，這些還算好，過了一個月，他又特意把另一個弟子叫進屋內，良秀還是在昏黃的油燈下咬著畫筆，但是他冷不防轉向弟子說：

「辛苦你一下，能不能把衣服全部脫掉。」這種事之前師父也吩咐過，所以弟子馬上脫下衣褲，全身赤裸。但是良秀卻皺起眉頭說：

「我想看看人被鎖鍊捆綁的樣子。不好意思，能不能暫時照我的話做？」良秀冷冷的如此說道，對自己的要求一點也沒有不好意思的神情。原本這位弟子是個剛強的小夥子，拿大刀比畫筆使得更順暢，此時連他也大吃一驚，後來提起當時的情景，他一再的說：「師父該不會神智不清，打算把我殺了吧。」但是，良秀討厭別人拖拖拉拉，他不知從哪裡拿出細鐵鍊，喀啦喀啦的用兩手拖著，以近乎飛撲的姿勢，趴到弟子的背上，不由分說的擰住他雙臂，用鐵鍊重重捆起來。又狠心的把鐵鍊使勁拉緊。弟子的身體受不住衝擊，猛然碰的一聲直接倒在地板上。

九

那時，弟子的模樣宛如倒在地上的酒甕，因爲他的手腳都被殘酷的反綁起來，能夠活動的只剩下頭部，因爲肥胖體內的血液，被鎖鍊阻止了循環，所以不論是臉還是身體，整片皮膚都泛起紅色。但良秀似乎也不怎麼在意，他只是繞著那酒甕身體的周圍，東走走西看看，畫了許多張類似的速寫。這段期間，被捆綁的弟子身心承受了多大的痛苦，在此就不必一一細說了。

如果沒有發生任何意外的話，這種折磨恐怕還沒完沒了。幸好（也許說不幸更爲恰當），過了一段時間，房屋一角的陶壺陰影處流出一條細長起伏、如同黑油般的東西。剛開始它還帶著一點黏性，前進得十分緩慢，但是漸漸變得光潤滑溜，不久，它竟閃閃發光的流到眼前來。弟子忍不住倒抽一口氣叫道：

「有蛇！有蛇。」他覺得全身的血液同時凍結了一般，不過這也難怪，因爲那條蛇的冰冷舌頭只差一點點，就要碰到他被鐵鍊箍緊的頸部。就算良秀再怎麼專橫，遇到這種意想不到的事，還是大吃了一驚。他連忙丟下畫筆，猛然彎下身迅速的抓起蛇尾，把它倒吊起來。蛇雖然倒吊著，仍然抬起頭，纏住自己的身體，不過牠怎麼使力都搆不著良秀的手。

「都是你這傢伙，害得我畫錯了一筆。」

良秀恨恨的如此說著，把那蛇直接拋進屋角的陶壺裡，然後不情願的把捆住弟子身體的鐵鍊解開。不過他只是解開了鐵鍊，對這位弟子卻連一句好言慰問都沒有。大抵上，弟子被蛇咬還不如畫錯一筆速寫來得讓他生氣。——後來聽人說，這條蛇也是良秀爲了畫蛇特地飼養的。

聽了這些片段，相信各位對良秀的瘋狂、陰森的沉迷方式大略有些了解了吧。但最後一點，還有個才十三四歲的弟子受到地獄變屛風的牽累，遭遇到性命交關的恐怖事件。那名弟子生來膚色白皙如同女子，有一夜，他不經意的聽從吩咐進到師父房間，只見燈台下，良秀的手掌上放著腥羶的肉，餵食一隻沒見過的鳥。牠的大小約如一般貓那麼大，兩邊伸出的羽毛狀似耳朵，有著琥珀的顏色。大大的圓眼看起來也如貓一般。

十

本來良秀這個人就討厭別人對自己做的事插嘴，剛才提到的蛇也是如此，自己房裡有什麼東西，這類的事一概不讓弟子們知道。所以，有時桌上放著骷髏，有時並排著銀碗或蒔繪的高座盤，視當時繪畫的主題，出現意想不到的物品。不過，平常他把這些東西收在那裡，誰也不知道。這位大師有福德大神暗助的傳聞，原因之一也是因爲這種現象引起的。

因此，弟子看到桌上那種怪異的鳥，便暗忖牠必定是繪製地獄變的屛風所需要，他恭敬的來到師父面前問道：「您找我有什麼事？」良秀彷彿沒有聽見，伸出舌頭舔舔豔紅的唇，用下巴指指鳥說：「如何，很乖順吧？」

「這是什麼鳥？我從來沒見過。」

弟子這麼說著，膽怯的打量著這種有耳朵又像貓的鳥，良秀不改平日嘲弄的口氣說：

「什麼？沒見過？都城長大的孩子就是這麼沒見識。這是兩三天前鞍馬獵人送給我的鳥，叫做長耳鴞，不過，像牠這麼乖順的可不多。」

良秀一面說慢慢舉起手，輕輕從下方往上撫著耳木兔背上的毛。那鳥剛剛把餌食吃完，就在那一瞬間，突然發出一聲短而尖銳的啼聲，從桌上飛起，張開兩爪，朝弟子的臉撲去。若非弟子舉起衣袖，趕忙將臉遮住的話，一定要抓出好幾道傷痕了。他叫了一聲「啊」，揮動衣袖，想將鳥趕走，耳木兔挾著優勢，啼叫著再次攻擊——弟子忘了師父在前，不時站著防守，坐下驅趕，不覺在窄小的房間裡東躲西藏。怪鳥隨著弟子也飛得忽高忽低，只要一見間隙，驀地便對準弟子的眼睛飛來。飛翔時撲刺撲刺的驚人振翅聲，彷彿是落葉的氣息，又如同瀑布的水花或酸掉的果實酒味，好像會誘發出什麼怪物，驚悚的程度無以復加。弟子害怕的說，他連昏黃的油燈光線都看成了朦朧的月光，師父的房間宛如在遙遠深山裡妖氣繚繞的山谷一般。

但是，弟子害怕的並不只是耳木兔的攻擊，更令他毛骨悚然的是師父良秀用冷靜的眼光注視著這場風波，一面緩緩展開紙面，舔濕畫筆，將秀美的少年被怪鳥折磨的可怖場面一一速寫下來。弟子一眼看見那景象，突然生出無法形容的恐懼，一時間以為自己會為了師父而丟了小命。

十一

事實上，弟子遭師父謀害的情形也不能說完全沒有。某天晚上，他刻意叫弟子進來，然後唆使耳木兔攻擊，好速寫弟子奔逃的景象。所以，弟子一看到師父的表情，立刻兩袖抱頭，發出連自己也不明所以的哀叫聲，然後躲到房屋一角的格子窗邊不敢動彈。良秀見狀也發出驚慌的呼聲，猛地跳起來。突然間，耳木兔的拍翅聲比先前更劇烈，弟子聽到尖銳的物倒和破裂聲。他又再次驚慌失措，忍不住伸出頭查看，房間裡不知何時已一片黑暗，師父呼喚弟子們的聲音，在黑暗中顯得十分焦慮。

不久，另一名弟子遠遠的應諾了一聲，然後點著燈，急忙走了進來。藉著煤油味的燈火，只見到油燈台倒了，地面和草蓆灑了一整片油，剛才那隻耳木兔只用一隻翅膀拍打著，痛苦的在地上翻滾。良秀在桌後面半坐起身，難得露出呆若木雞的臉，獨自喃喃說著不知所云的話。——這也難怪，因爲那隻耳木兔的身體，從頭部到另一隻翅膀，都被一條烏溜溜的黑蛇緊緊纏住。大概是弟子蹲在窗邊時，不小心翻倒了放在那裡的壺，裡面的蛇爬出來，耳木兔貿然的想抓起它，終於引發了這場軒然大波。兩名弟子互相對看了兩眼，一時楞楞的看著這奇妙的光景，然後向師父默默行了個禮，悄悄的退出屋去。那條蛇與耳木兔後來怎麼樣，誰也不知道。——

這一類的風波，除此之外不勝枚舉。前面也說過，大約是初秋時，大主公命令他畫製地獄變的屏風。也就是說從那時到冬末，弟子們一直處於師父怪異作風的威脅下。不過，那年冬末，良秀因爲屏風畫某個部分遇到了瓶頸，他的神色變得更加陰沉，說話也明顯更加凶惡。同時，當屏風畫的草圖畫到八成，便不再有進展了。不，他那副態度就算是把至今畫的部分全部抹除都有可能。

但是，誰也不知道他在屏風畫上到底遇到什麼瓶頸，而且也沒有人想知道。之前吃過種種苦頭的弟子們，抱著與虎狼同檻的心情，之後總是提心吊膽，盡量不靠近師父身邊了。

十二

因而，那段時間沒有什麼事值得一提，若是眞的要說，那就是這個倔強的老頭不知爲何變得脆弱，據說經常趁著沒人在的時候，暗暗掉淚。尤其是某天，弟子有事走到庭院裡時，發現師父佇立在走廊上，望著臨春的天空，眼中噙滿了淚。弟子見狀，反而有些難爲情，默默的退了下去。爲了畫五趣生死，這個可以速寫路邊屍骸的傲慢畫家，只因爲屏風畫得不盡人意，便像個小孩一樣哭泣，難道不詭異嗎？

但是，良秀雖然如同發瘋似的沉迷於繪製屏風畫，但是另一方面，他的女兒不知爲何卻漸漸愁眉不展，連我們下人都看得出她忍淚含悲的樣子。她原本就是個面帶憂鬱，蒼白又恭謹的女孩，此時眼眸低垂、眼眶帶著黑影，顯得更加悽涼可憐。最初有人說她是思念父親，也有人說是相思之苦，眾說紛紜。但是自從有人議論定是大主公要收她爲妾，她不願依從之後，再也沒有人聊那姑娘的閒話，彷彿大家都忘了這檔事似的。

正好就在這個時候，某一晚夜闌人靜之時，我獨自經過走廊，突然間，那隻良秀猴子不知從何處跳出來，頻頻拉著我的褲腳。那是個梅花正開、月色淡淡的溫暖夜晚，就著月光一看，那猴子露出白牙、皺起鼻頭，發狂般高聲啼叫。我帶著三分厭惡，七分新褲子被拉住的怒氣，本想一腳踢開那猴，繼續往前走去。但回頭一想，之前有侍從斥罵那猴，因而得罪了少主公的前例，再加上那猴子的舉動實在太不尋常，所以，我也豁了出去，朝牠拉住的方向走了五、六間房的距離。

來到走廊轉彎的地方，夜色中遠遠可見泛白的池水開闊的浮現在樹影優雅的松樹後面。正當這時，附近房間裡有人爭鬥的氣息，緊張又莫名低調的傳進我的耳裡。四周一片靜寂無聲，月光也沒有任何霧靄遮蔽，除了池魚躍起的聲音外，連一句說話聲也聽不見。由於那裡的吵雜聲，我不覺站定，屏住氣息輕輕的藏身在房間門外，如果是什麼匪徒的話，我便可給他痛擊。

十三

但是，我的做法似乎讓猴子十分焦躁，良秀迫不急待的在我的腳邊跑來跑去，發出壓著喉頭的叫聲，驀地一腳跳上我的肩頭。我不禁轉過頭，不想被猴爪抓住。猴兒又抓著綢衫的袖子，不想從我的身體上溜下來。在這狀態下，我不由得踉蹌了兩三步，身體狠狠的撞到了門。這種狀態下再也猶豫不得，我立刻拉開門，正想衝進月光照不到的室內。但是這時，什麼東西遮住了我的眼睛，不，更令我驚訝的是，一個女子同時從那個房間裡飛也似的衝出來。女子差點與我撞個正著，就著那勢頭摔到門外去，不知爲何她雙膝跪地，氣喘吁吁驚恐的盯著我的臉，像是看到什麼可怕的東西。

不用我多說也知道，她就是良秀的女兒。而那一夜的她，在我眼中活像變了個人似的，眼中閃著異樣的光彩，臉頰燒紅似火。凌亂不堪的裙褲與綢衫，增添了與平時稚氣截然不同的嬌媚。這眞的是那個弱不禁風、凡事都克制謙讓的良秀之女嗎？——我用身體撐住門，望著月光下美麗的姑娘身影，一面指著慌張跑遠的另一人的腳步聲，靜靜的用目光詢問「他是誰」。

那姑娘咬著嘴唇，默默的搖搖頭，那模樣似乎十分悔恨。

於是，我彎下身子，湊近姑娘的耳邊，這次小聲的問她「是誰？」但她還是搖搖頭，一句話都不肯回答。同時，她長長的睫毛盈滿了淚水，把嘴唇咬得更緊了。

生性愚鈍的我，除了擺在眼前的事實外，其他什麼也不懂。所以，我也不知該怎麼勸慰她，只能暫時抱著靜聽她胸中悸動的心情，傻傻的站著不動。因爲感覺上這事情不知爲何不該再細問下去。

不知站了多久，我回頭把房間門關好，回頭瞧著稍稍平靜下來的姑娘，盡可能溫聲道：「請回房裡去吧。」然後，我彷彿見到什麼不該見的東西般，心中忐忑不定，又懷著說不出的愧疚心情，悄悄的往原先來的路走去。但是走不到十步，又有人從後面戰戰兢兢的拉住我的褲腳。我驚訝的回過頭去，各位看倌猜猜那是誰？

定睛一瞧，原來那隻良秀猴子站在我的腳邊，像人一樣雙手伏地，搖著黃金鈴聲，一再的向我磕頭行禮。

十四

自從那天晚上的事之後，又過了半個月。有一天，良秀突然來到府邸，請求立即面見大主公。儘管身分卑微，但因爲平時受到主公青睞的關係吧，任何人都不太容易接見的大主公，那天也爽快的首肯，召他晉見。良秀依然穿著淡茶色長褂，頭戴軟烏帽，恭恭敬敬的平伏在殿前，但是臉色比平時更加難看。不久，他沙啞的聲音稟告：

「主公多日前吩咐的地獄變屏風，在下日夜竭盡心力執筆作畫，現在大體上已經初步完成。」

「那眞是可喜可賀，我十分滿意。」

但是，不知爲何大主公的聲音似乎沒什麼勁兒，只是隨意附和。

「不，這一點也不値得賀喜。」良秀略帶怒容，眼光盯著地面說：「雖然已完成大概，但現在仍有一處我畫不出來。」

「什麼？有畫不出來的地方？」

「是的。總的來說，我沒親眼見過的事物便畫不出來。即便畫得好也不滿意，那不是和畫不出來一樣嗎？」

大主公聽了這話，臉上浮現出嘲弄的微笑。

「照你這麼說，想要畫地獄變的屛風，難不成非得看到地獄才行？」

「正是。但是，前年發生大火時，我親眼看到熊熊火焰，宛如火熱地獄的烈火，正是因爲遇到這場大火，才能畫出『火焰背光的不動明王』，大人也知道那幅畫吧？」

「但是地獄裡的罪人怎麼辦？你也沒有見過獄卒吧？」大主公一個勁的問，彷彿沒有聽見良秀剛才說的話。

「我見過捆著鐵鍊的人，將他受怪鳥折磨的姿態，一一速寫下來。所以，也並非不知道罪人受苦刑的情形。另外，獄卒嘛——。」說到這裡，良秀露出令人發抖的苦笑說：「獄卒好幾次在出現在我的夢裡。有的長了牛頭或馬頭，有的是三頭六臂的妖怪，他們無聲的拍著手，靜默的張著口，不斷的凌虐我——幾乎每天每天都會出現——我想畫而畫不出的，並不是那些妖魔鬼怪。」

大主公難得露出驚訝的神情，惱怒似的盯著良秀的臉好一會兒。不久才挑起眉毛，沒好氣的問：

「那你畫不出來的到底是什麼？」

十五

「我打算在屏風的正中央畫一輛檳榔毛車[8]從空中落下來，」良秀說著，用銳利的眼光盯著大主公。聽說這個良秀一提到畫，就和瘋子一樣。那時他的眼神的確帶著可怖的味道。

「一名美豔的貴妃坐在車裡，黑髮在烈火中飛舞，露出痛苦不堪的表情，她的臉隱沒在火煙中，蹙著眉頭，仰頭望著上方的車篷，手抓著車簾，也許是想擋住天下紛紛飛落的火星。然後，周圍飛來十幾二十隻怪異的鷙鳥，張嘴鳴叫，繞著牛車飛行。——啊，那牛車中的貴妃，我說什麼也畫不出來。」

「所以呢？」

大主公不知為何露出奇妙的喜悅之色，催促著良秀說下去。而良秀彷若發高燒似的顫抖著嘴唇，夢囈般的說：

「我畫不出來，」他又說了一遍，突然咬牙切齒的說：

「求大人賜我一輛檳榔毛車，在我面前點火。如果能這麼做的話——」

8 用檳榔葉撕成條狀覆蓋在牛車屋頂，是皇親國戚搭的車。

大主公臉色沉了沉，突然又狂笑起來，笑得差點岔了氣，然後說：

「哦，就照著你的意思去做吧。沒有必要討論做得到做不到。」

聽到大主公這麼說，我突然有個駭人的預感。而且大主公的神情不太尋常，他嘴角堆著白沫，眉頭像是閃電般抖動，宛如被良秀的瘋氣感染了似的。主公話剛說完，瞬即又從喉頭爆出驚人的笑聲。

「在檳榔毛車上點火，讓一個嬌美的女子穿著貴妃的裝束坐在車裡，在火焰與黑煙的攻擊下，車中的女子窒息而死——眞不愧是天下第一的畫師，竟然能想到畫出這種景象。我要獎賞你。哦，我要獎賞你。」

聽到大主公的話，良秀突然間臉色慘白，唯有嘴唇喘氣般的動著。不久，他像是全身筋骨鬆垮了般，兩手垂放在蓆面上。

「謝大人恩典。」良秀用低得快要聽不到的聲音說著，深深行了大禮。大概是他自己腦中想像的可怕畫面，隨著大主公的話歷歷浮現在眼前的關係吧。這是我一生中唯一一次感覺良秀是個可憐的人。

十六

兩三天後的晚上，大主公依照約定，把良秀召來，讓他就近觀看檳榔毛車起火的實況。雖然燃燒的地點並不是在堀河的官邸，而是昔日大主公之妹居住的洛外山莊，世俗稱爲雪解之御所的地方。

說到這雪解的御所，已經久無人居，偌大的庭院也任其荒蕪。據曾經見過這座冷清宅子的人推測，歿於此地的大主公之妹，其身世也有諸多傳聞，甚至謠傳說，每當沒有月亮的晚上，就會看到可疑的暗紅色裙子離地懸空的走過長廊。——這也不無道理。這所連白天也清寂無人的宅院，一旦太陽下了山，院裡池水在黑暗驀地一響，飛在星光下的夜鷺，都如同怪物一般，令人毛骨悚然。

那一夜正好也是個月黑風高的夜晚，藉著大殿油燈光探看，在緣廊入座的大主公，穿著淺黃上衣配上深紫浮紋的指貫袴，盤著腿高高的坐在白底錦邊的圓墊上，前後左右簇擁著五六名侍者，恭敬的站著，雖然這不值特別一提，但是其中有一人顯得與眾不同，他就是前年在陸奧戰爭中食人肉充飢之後，力大無窮還能強掰生鹿角的武士，他腹部穿著纏腰巾，佩刀的刀尖往後翹起，在緣廊下森嚴的看守著——他們在夜風不住晃動的燈火下，忽明忽暗，分不清是夢是眞，看起來尤其令人心驚膽寒。

而且，拖到院子裡的檳榔毛車，高高的車篷沉沉的壓著黑暗，無牛可靠的黑色車轅斜斜的掛在木榻上，鉸鏈的金色如同星星般一閃一閃的發亮。儘管春天已經降臨，但盯著它瞧時，總覺得有些寒意。尤其是繡著浮線綾邊的藍色車簾，重重封住了車內，看不出裡面有什麼。而站在四周的家丁們手執著點燃的松明[9]，仔細的控制著火勢，不讓煙吹往緣廊的方面。

良秀本人跪坐在稍遠處，正好在緣廊的對面，他還是穿著同樣的丁香色長褂，戴著軟烏帽，看起來身形比平時更瘦小、寒酸，猶如星空的重量壓在他身上。他身後還有一人，同樣穿著烏帽長褂，多半是他的弟子吧。這兩人蹲在遠處的昏暗中，從我所在的緣廊，連長褂的顏色都看不分明。

十七

時刻接近午夜的時候，包圍園林的黑暗彷彿吞噬了聲音，窺伺著眾人的聲息，只剩輕微的夜風拂過的聲音，送來松明火煙的煤油味。大主公沉默下來，目不轉睛的望著這不可思議的景象，不久，他將身子傾向前，高聲呼叫：

「良秀！」

良秀回應了一聲，但在我耳中，只聽到呻吟般的聲音。

「良秀，今晚如你所願，在牛車上點火給你看。」

大主公這麼說時，朝著身旁的侍者掃視了一遍，這時候，他與他們之間似乎交換著

9使用有著油脂的松木燃火照明。

意味深長的微笑，不過這也許只是我的錯覺。於是，良秀誠惶誠恐的抬起頭，仰望著緣廊，但是他什麼話也沒說。。

「你仔細看好了，那是我平日乘的車，你應該也記得吧——我現在要在這車上點火，讓你看看炎熱地獄的景象。」

大主公欲言又止，朝著身旁的侍者使了個眼色，然後突然面帶不悅的說：「車裡有個犯了罪的女子，捆住了手腳不能動彈。所以車子一旦點著了火，那女子必定燃得肉綻骨焦，在極度痛苦中死去。這可是你完成屏風最佳的樣本啊。你千萬別漏看了那雪白肌膚燒爛的樣子，仔細看著那黑髮化成火星，在空中飛舞啊。」

大主公第三次噤口不語，他不知想到了什麼，但這次只是聳聳肩，無聲的笑笑說：「這可是空前絕後的奇觀哪。我也要好好欣賞。來啊，把簾子掀開，讓良秀看看車裡的女子。」

其中一名家丁聞訊，一手高舉著火炬，漸漸的走近車子，倏地伸出另一隻手，一把揭開了簾子。發出驚人燃燒聲的松明火光，一時搖曳轉紅，忽然將窄小的車內照得分明。被悽慘地鎖在車上的女子——啊，我是不是看錯了。光滑生豔的黑髮垂在華麗刺繡的櫻花唐衣上，斜掛的黃金簪子發出耀眼的光，雖然打扮不同，但那嬌小的身形，白皙的頸脖，和那恭謹得近乎淒涼的側臉，絕對是良秀的女兒沒錯。我差點兒叫出聲來。

就在那時，我對面的侍衛趕緊起身，一手按著刀把的頭，緊張的瞪著良秀的方向。而我驚訝的定睛一看，那人看到這景象，早已半暈了過去。原本他蹲在地上，突然跳了起來，兩手直伸出去，無意識的想往車子的方向跑。只不過不巧的是，前面也曾提到，他站在遠處的人影中，分辨不出臉上的神情。但是，才剛這麼想時，良秀蒼白的臉，宛如什麼無形的力量使然，良秀空懸的身影突然穿破黑暗，清清楚楚的浮現在眼前。這時，就在大主公一聲令下：「點火」，載著女兒的檳榔毛車便在家丁們投入的火炬中熊熊燃燒了起來。

十八

火焰逐漸籠罩了車頂，車篷邊的紫色流蘇，如同有風煽動般搖曳著，即使是夜裡，也可見到濛濛的白煙從下方席捲而上，火星如落雨般飛散而出，好像不管是布簾、車篷邊、車頂木的鉸鍊都將灰飛煙滅——驚駭的程度莫此爲甚。更可怕的是，熾烈的火舌不斷延燒到側邊的木格，直竄到半空中的烈焰猶如日頭落地，天火迸裂開來一般。之前差點驚叫出聲的我，此時已是魂飛魄散，只能茫然的張著口，呆呆注視著這可怕的景象。但是，身爲父親的良秀呢——

良秀當時的表情，我至今都無法忘懷。他本來下意識的往車子的方向跑去，但在火焰燃起的同時，停下了腳步，兀自伸直了雙手，彷彿要被車子周圍的火煙吸進去般，瞪大了眼目不轉睛的看著。全身在火光的映照下，他那皺巴巴的醜陋臉龐，甚至鬍鬚邊都看得一清二楚。而不管是他瞠然的眼中，歪斜的嘴唇，又或是不住痙攣抖動的臉頰，在在都將良秀心中掠過的恐懼、悲憤和驚詫全都刻劃在臉上。

就算是斬刑前的盜匪、乃至被拖進地獄十王殿、罪大惡極的犯人，也不至流露出那麼痛苦的神情。即使是那位力大無窮的侍衛，也不覺臉色大變，惶恐的窺探大主公的臉。

但，大主公緊緊咬著嘴唇，時而發出陰森的笑聲，眼睛緊盯著車子的方向。而那車裡——唉，那時，我實在已無勇氣詳述眼中所見到車中女子的慘狀。她那慘白的臉被煙嗆住而仰起，揮開火焰而凌亂不堪的長髮，還有漸漸變成火團的美麗櫻花唐衣——這是多麼慘烈的景象啊。尤其是夜風拂來，將火煙往對面吹去時，如在紅花上撒下金粉的烈焰中，看到她口咬著頭髮，扭動著身軀幾乎要掙斷鐵鍊的模樣，令人懷疑眼前所見是否就是地獄業苦的寫照，包含我在內，連那個孔武有力的衛士都忍不住豎起了全身寒毛。

夜風再次吹來，輕輕拂過庭院的樹梢——所有人都這麼想吧，那風聲不知從哪裡穿過黑暗的天空時，突然有個黑乎乎的東西，像個皮球似的既不著地也不飛天的躍起，從宅院的屋頂直直跳進熊熊燃燒的車裡。那朱紅的車格子窗燒得四分五裂中，牠抱住姑娘後仰的肩，裂帛一般淒厲的痛苦叫聲，長傳到火煙之外。接著，又叫了兩聲、三聲——我們也忘我的齊聲大叫了起來。那在火牆中抱住姑娘肩頭的，正是繫在堀河官邸、諢名叫良秀的猴子。當然，誰也不知道那隻猴是怎麼跑到這所宅院來的。但是正因為平日受到姑娘百般疼愛，猴子才會與她一同葬身火海吧。

十九

不過，猴子的身影只出現了短短一瞬間，當彷如蒔繪金粉的火星轟然衝上天空中，不只是猴子，連姑娘的身影也隱沒在黑煙裡，庭院中央的一輛火燒車，發出淩厲的聲音，旺盛的燃燒開來。不，與其說它是輛火燒車，也許稱它爲火柱更符合那衝上星空、不斷翻滾的火焰模樣。

良秀站在那火柱跟前，宛如凝固了一般，他——多麼不可思議啊，直到剛才還如同落入地獄苦刑的良秀，現在那皺紋滿布的臉上卻充滿了難以言喻的光輝，彷彿是陷入恍惚的法悅[10]光輝。他好像忘了大主公就在面前，兩手緊緊的叉在胸前，呆呆的站著。而且，他的眼中似乎並未映出女兒慘死的模樣，只有無限喜悅的看見絕美的火焰顏色，與在其中受苦的女人身影。

而且，最不可思議的還不只是這個人喜悅的注視著獨生女死前的痛苦，這時候的良秀，不知爲何有種異樣的威嚴，彷彿不再是人，而是睡夢中獅王的憤懣。所以，不知是不是我的錯覺，連被突如其來的火舌嚇到，在天空迴旋、騷動亂啼的無數夜鳥，都不敢靠近良秀的軟烏帽周邊。怕是連無心的鳥眼，也看得見那男人頭上頂著如同聖光般的神奇威嚴吧。

飛鳥尚且如此，我們與家丁們也都屛住氣息，全身震顫，充滿了異樣的隨喜之心[11]，宛如拜見開眼的佛像般，直直望著良秀，無法移開目光。轟然響遍天空的車火，與被它吸走了魂魄，茫然佇立的良秀——是何等的莊嚴，何等的歡喜啊。然而其中只有坐在緣廊的大主公，宛如變了個人似的，臉色鐵青，嘴角堆著泡沫，兩手緊緊抓著紫色的指貫

10 從信仰得到的喜悅。
11 見到他人行善或開心而心生歡喜。

袴，正如口渴的野獸般不停的喘息著。……

二十

那一夜，大主公在雪解宅院焚燒牛車一事，不知是誰對外傳了出去，因而惹來了許多批評。首先，為什麼大主公要燒死良秀之女呢——謠傳最多的都是說他求歡不成因而生恨，但是大主公的心思怎麼會想要燒車殺人呢，他肯定是想教訓一下屏風畫師乖僻的性情。這是我聽大主公親口說的。

此外，那個良秀眼睜睜的看著親生女兒被燒死，竟然還一心念著畫屏風，眾人也對他的鐵石心腸議論紛紛。其中有人罵他為了畫畫，忘了父女之情，簡直是人面獸心的怪物。像橫川的大和尚等，贊同那種想法的人都經常說，「不論畫藝如何出色，但是若人不能分辨五常的話，除了下地獄別無他路可行。」

但是，過了一個月，地獄變屏風一完成，良秀便馬上將它攜至官邸，恭請大主公親覽。當時那位大和尚正好也在，他一眼看見屏風畫，果然就爲中央那一塊凶猛的烈火狂焰大吃一驚。原本他一直板著臉，眼光狠狠的瞪著良秀，但看了畫忍不住拍了一下大腿，說了聲「畫得太好了」，大主公聽聞此言露出的苦笑，我至今也未能忘懷。

從此之後，至少在官邸中，再也沒有人數落良秀的不是。每個人見到那座屏風，不論平時如何痛恨良秀，也會奇妙的被那莊嚴的心境所打動，可能是因爲他們也感同身受炎熱地獄的苦難吧。

然而，到了此時，良秀已不在人世。屏風完成的第二天晚上，他便在自己的房裡懸梁自盡。獨生女已先離世的他，恐怕再難安穩的活在世上，屍首就埋在他屋宅的舊址，雖然小小的墓碑，經過數十年風吹雨打，一定已長滿了青苔，沒有人認得出那是誰的墳了。

——〈地獄變〉，初刊於《大阪每日新聞》，一九一八年五月一日至二十二日

蜘蛛之絲

一

某天，佛陀獨自在極樂的蓮池旁悠閒的散步，池中綻放的蓮花朵朵晶瑩如玉，其中的金色花蕊不斷散放出無法形容的香氣，極樂正好是早晨。

不久，佛陀來到池邊停佇，倏地從遮蔽水面的蓮葉間看到了下界。這極樂蓮池的下方，正好是地獄底層，池水透明如同水晶，從這兒就如同拿著放大鏡，可以把三途河[1]與針山的景色一覽無遺。

佛陀的眼神注意到地獄的底層有個男子，與其他罪人在一起蠕動的樣子。這個男子叫做犍陀多，他是個殺人放火、壞事做盡的大盜賊，不過在佛陀印象中，他曾經做過一件善事。某一天，這個人經過一處森林時，看到有一隻小蜘蛛從路旁爬過。犍陀多立刻抬起腳，想把牠踩死。不過他突然心生一念：「不對不對，這蜘蛛雖小，卻也是一條生命。我這麼隨意取牠性命，也未免太可憐了。」於是便放了蜘蛛一條生路。

佛陀注視著地獄的景象，回想著犍陀多救蜘蛛一命的事，便想盡力救他脫離地獄，作爲他行一小善的回報。所幸，佛陀往旁邊一瞧，翡翠色澤的蓮葉上，正有一隻極樂的蜘蛛掛在美麗的銀絲上。佛陀輕輕的取下蜘蛛絲，從晶瑩如玉的白蓮之間，將蜘蛛絲垂降到遙遠的地獄底層。

二

這裡是地獄最底層的血池，犍陀多與其他罪人一起在血池裡載浮載沉。不論看向何處都是一片漆黑，隱約好像在黑暗中有個東西浮在血面上，結果是恐怖的針山在閃閃發光，看了別提有多膽戰心驚了。而且四周一片死寂，宛如置身墓中，就算偶爾聽到什麼

1即是傳說中的冥河，為陰陽兩界的分隔點。

聲音，也只是罪人微弱的嘆息。那些被打入地獄底層的人，受盡了各種地獄的酷刑，早已疲憊得連哭泣的力氣都沒有了。所以，儘管是大盜賊犍陀多也只能咽著血池裡的血，如同瀕死的青蛙般拚命掙扎。

但是，就在這個時候，犍陀多無意間抬起頭，仰望血池的上空時，卻看到從遠遠的天上有一條銀色蜘蛛絲，閃著一絲光線，彷彿怕人看到似的，悄悄的從黑暗中垂降下來。犍陀多一見此景，忍不住拍手叫好。只要攀住這條絲往上一直爬，一定可以脫離地獄。不只如此，若是順利的話，說不定還能爬上極樂世界去。這麼一來，就不用上針山，也不用浸血池了。

犍陀多如此尋思，立刻就伸出雙手緊緊抓住那條蜘蛛絲，開始拚了命的往上爬。他本來就是大盜賊，這種事從以前就很熟練。

但是，地獄與極樂之間，相距何止數萬里，就算他再怎麼心急，也沒那麼簡單爬得上去。果然爬了一陣子之後，犍陀多已經筋疲力盡，一步也攀不上去了。他進退兩難，所以打算喘口氣，懸吊在絲的中央，眺望遠遠的下界。

這才發現他拚了老命爬上來果然有價值，剛才自己浸過的血池，不知何時已經隱藏在黑暗的地底，而且發出微光的針山也在腳下。照這方法繼續往上爬的話，逃出地獄也許並非不可能。犍陀多雙手纏緊蜘蛛絲，用到地獄這麼多年不曾發出的聲音，笑著說「好極了！好極了！」但是，他驀然發現，蜘蛛絲的下方，無數的罪人正如同螞蟻的隊伍跟在自己後面，卯足了全力也在往上爬嗎。犍陀多見到此景，既驚又怕，一時間像個傻瓜張大了嘴，只有眼睛能轉動。那條蜘蛛絲那麼細，自己一個人爬都快斷了，怎麼可能負荷那麼多人的重量呢。萬一中途斷了的話，連好不容易爬到這麼高的自己，都得跌回地獄裡去。如果眞發生這種事那就糟了。就在他這麼想時，成千上萬的罪人們成群結隊的從黑暗的血池底蠕動著，沿著亮光的細蜘蛛絲往上爬。如果不想點辦法，蜘蛛絲一定會從中央斷成兩段，掉到無底深淵去。

於是，犍陀多大聲喊叫：「喂，罪人們，這條蜘蛛絲屬於我，你們是從哪兒打聽爬上來的？快下去、下去。」

就在這當兒，原本穩固的蜘蛛絲突然從犍陀多垂掛的地方，啪的一聲應聲而斷。所以，犍陀多也撐不住，一轉眼間便被風捲走，像陀螺一般轉呀轉的，倒栽蔥似的落進黑暗中。

只剩下短短的極樂蜘蛛絲垂掛在無星也無月的空中，兀自發出閃亮的微光。

三

佛陀佇立在極樂的蓮花池旁，自始至終旁觀了這段過程。見犍陀多如同石頭般沉入血池底時，他露出悲傷的神情，又再開始踱步。犍陀多缺乏慈悲，只想自己脫離地獄，因而受到懲罰，再度跌回地獄。從佛陀的眼光看來，一定覺得他卑鄙無恥吧。

但極樂蓮花池的蓮花一點也不受到這種事的干擾，晶瑩如玉的白花在佛陀腳邊搖曳著花萼，金色花蕊不斷散發出難以言喻的香氣。極樂也已經接近午時了。

——〈蜘蛛之絲〉，最初發表於兒童文學雜誌《赤鳥》，一九一八年七月創刊號

橘子

某個陰霾的冬日傍晚，我上了橫須賀發的上行列車，在二等車廂找了個角落坐下，茫然的等待發車的笛音。已經開了電燈的車廂裡，除了我之外，難得沒有一個人。往外瞧去，微暗的月台上，今天也十分罕見的連個送行的人影都沒有，唯獨一隻關在籠子裡的小狗，不時的發出哀鳴。這些景象與我當時的心境，不可思議的吻合。腦中難以言喻的疲勞與倦怠猶如即將下雪的天空，落下陰沉的影子。我的雙手擱在外套口袋裡，連拿出口袋裡的晚報都提不起精神來。

不久，發車的笛聲響起，心裡的愁悶才消解了一點兒。我把頭靠在後面的窗緣，無意識的等著眼前的車站緩緩向後滑去。但是，車還沒開，剪票口處就傳來尖銳的矮木屐聲，隨後在車掌叫罵聲中，我所在的二等車廂門嘩的一聲拉開，一名年紀十三四歲的小姑娘，慌慌張張的闖了進來。這時一個搖晃，火車緩緩的駛動了。

月台上一根根分隔視線的柱子、忘了拿走的運水車、還有爲車裡某人祝賀送的紅帽——這一切全都依依不捨的在吹進窗裡的煤煙中向後倒去。我的心情終於舒緩了些，拿起捲菸點了火，這才抬起懶洋洋的眼皮，瞄了一眼坐在前面小姑娘的臉。

她粗劣的頭髮攏到腦後，梳成倒銀杏髻，滿是皸裂的雙頰紅得令人反感，而且還帶著抹過鼻涕的痕跡，怎麼看都像是個鄉下姑娘。而且，髒污的草綠色毛圍巾耷拉垂落的腿上，放著一個大包袱，用長了凍瘡的雙手抱著它，手中還緊緊握著三等車廂的紅車票。我不喜歡這姑娘粗俗的長相，而且她污穢的服裝也令人皺眉，最後，連二等車廂和三等車廂都無法區分的愚鈍心智也令人惱火。於是，我點了捲菸，一方面也想忘了這姑娘的存在，便把口袋裡的晚報攤在腿上漫不經心的看起來。這時，窗外落在晚報的光突然變成了電燈光，印刷粗劣的的幾欄鉛字，鮮活的在的眼前浮凸出來。不用說也知道，火車現在正駛進橫須賀線多個隧道的第一個。

但是，在燈光下，看遍了整版晚報，上面登載的社會新聞實在太過平凡通俗，難以慰藉我的愁悶。和談問題、新婚通知、瀆職事件、訃聞——我機械式的瞄過那些事不關己的新聞，在進入隧道的剎那，產生了一種與火車逆向行進的錯覺。當然，我還是無法不在意坐在我面前的那個姑娘，那表情宛如把庸俗的現實化身爲人。這輛隧道中的火車、這個鄉下姑娘，以及登滿了平凡新聞的晚報——它們難道不是一種象徵嗎？一種難解、低俗、枯燥人生的象徵嗎？我感到一切都如此荒唐可笑，便丟開剛讀的晚報，再次把頭靠在窗緣，死人般閉上眼睛，開始打起盹來。

又過了幾分鐘，猛然有種什麼東西逼近的感受，不由得睜開眼睛四處打量。不知何時，那個姑娘已從對面的座位，來到我的隔壁，一再試著想打開窗子，但是沉重的玻璃窗並沒有那麼容易打開。她那皸裂的臉頰變得更紅，不時吸鼻涕的聲音和小小的喘息聲一起，抽抽答答的傳進耳裡。當然，這必然引起我幾分同情。但是，從暮色中只有枯草清晰可見的山腰，從兩側直往車窗逼來，一看即知火車即將駛入隧道口。儘管如此，這個小姑娘卻想把我刻意關緊的窗門打開——我實在不明白她爲什麼這麼做，只能單純認爲這小姑娘一時興起吧。所以，我心底依然累積著惱怒的情緒，一面冷眼旁觀那雙凍瘡的手使盡全力與玻璃窗搏鬥，祈禱她永遠不會成功。

沒過多久，火車發出驚人的轟鳴聲駛進隧道的同時，那姑娘想開的玻璃窗終於啪嗒一聲落下來。然後，融合了煤炭的污濁空氣，變成令人窒息的黑煙，從那個方形的洞裡瀰漫到車廂內。原本咽喉就虛弱的我，還沒來得及取手帕遮臉，就薰了個滿臉煤煙，立刻劇烈的大咳起來。但是那小姑娘一點也沒有在意我的神色，反倒把頭伸出窗外，也不管穿過黑暗的風吹得銀杏髻的鬢毛亂顫，只是目不轉睛的望著火車前進的方向。就在煤煙與燈光中注視著她的身影時，窗外漸漸明亮起來，泥土、枯草和水的氣息冷冷的流淌進來，我的咳嗽才慢慢停了。若非如此，我一定把這個陌生的小姑娘痛斥一頓，然後再把窗戶照原樣關緊。

但是，這個時候火車已經平穩的穿越隧道，通過枯草山巒之間某個貧窮小鎮外的平交道。平交道附近雜亂建著寒酸窄小的茅草屋頂或瓦屋頂，平交道看守員在揮動的唯一一支暗淡白旗[1]，無精打采的在暮色中搖動。我心想終於出了隧道——就在這時，我看到三個臉頰紅潤的男孩，一個挨著一個，站在那道冷清的平交道柵欄後面。他們個子十分矮小，幾乎令人懷疑是不是被這陰霾的天給壓扁了的。男孩身上穿著與這鎮外慘淡景致相同顏色的衣服，抬頭看著火車通過，一面一齊高舉雙手，仰起稚嫩的喉嚨，使勁發出令人不解的喊叫。就在這一瞬間，那個把半個身子伸出窗外的姑娘，伸長了凍瘡的手，猛力的左右揮動。才這麼想時，突然有五六顆染上日光暖色、令人心頭為之雀躍的橘子，從空中落在目送火車的孩子們頭上。我不覺大吃一驚，一剎那間明白了一切。那小姑娘大概正要前往外地幫傭，便將藏在懷裡的幾顆橘子從窗口丟出去，慰勞辛苦到平交道來送行的弟弟們。

帶著暮色的鎮外平交道、三個孩子如同小鳥般的叫聲、以及落在他們頭上的鮮豔橘子色——一切都在轉瞬間通過火車窗外。但是這副光景卻近乎傷感的烙印在我心底。而且，一股無法名狀的快活情緒湧了上來。我昂然的抬起頭，像看另一個人似的注視著那小姑娘。她不知何時已回到我面前的位子，將皸裂的臉蛋埋進草綠色毛圍巾，抱著大包

1 表示鐵路淨空安全。

袱的手上依然緊緊握著三等車票。

從這時起，我才能稍微忘了那無法言喻的疲勞與倦怠，和難解、低俗、枯燥的人生。

——〈橘子〉，初刊於文學雜誌《新潮》，一九一九年五月號

妖婆

也許你不相信我即將要說的故事，不，你一定覺得是我騙人吧。過去如何我不清楚，但是我接下來要說的故事，是在大正繁榮時期，而且發生在你同樣住慣了的東京。一走到外面車水馬龍，一進到屋內電話響個不停。翻開報紙，報的是勞動罷工和婦女運動——在這今日這樣的大都會一角，發生了愛倫坡或霍夫曼小說裡可能出現的恐怖事件，就算我堅稱它是事實，您不相信也無可厚非。不過，即使東京市町間有著數百萬盞燈火，也不可能悉數燒盡隨日暮而遮蔽的黑夜，重新返回白天。相同的，不論無線電信和飛機如何征服自然，也並不表示就能揭開潛藏在自然深處的神祕世界地圖。既然如此，我們又怎麼能說，在這文明日光照耀下的東京，平常只有在夢裡橫行的精靈，不會靠著神祕力量適時地需要呈現出奧爾巴哈地窖[1]的場景呢？不只是時地需要，要我來說的話，令人驚異的超自然狀態，宛如夜裡盛開的花朵，始終在我們周圍出沒來去，端視你有沒有注意到。

例如冬季的深夜，走在銀座通的馬路上，一定會見到落在柏油路上的紙屑，就數目來說大約二十團，集中在一處，被風吹得團團轉。如果只是如此，那就不值一提了，但是請試著觀察一下那些紙屑團團轉的位置，一定是從新橋到京橋之間，左側有三處，右側有一處，而且沒有一個不是在十字路口附近，當然可以說這或許是氣流的關係，不過如果你稍微注意一下的話，就會發現不論哪個紙屑團裡，一定都有一個紅色紙屑——可能是活動照片的廣告，花樣色紙的碎片，乃至火柴盒的商標，不論種類如何變化，總是能看到一抹紅色。彷彿它率領著其他紙屑，只要一陣風吹來，就領頭飄舞飛起。然後，微微的沙塵中發出呢喃的聲音，而到處散布的白色紙屑，突然間消失在柏油路的上空。並不是突然消失無蹤，而是在空中劃一個圈，然後被吹走了。風停時也是一樣，過去據我所見，紅紙會先落地，到了這種地步，就算是你也很難不起疑吧。我當然也很好奇。

事實上，我有兩三次站在街頭，透過附近的展示窗目不轉睛的觀察在大量光線中旋轉飛起的紙屑。實際上，當我專注看著它時，彷彿看見了平常肉眼看不見的東西，宛如混入暮色中的蝙蝠般朦朧不清。

但是，東京市區最奇妙的，不只是落在銀座通的紙屑，深夜搭乘的市內電車，也經常遇見日常想像不到的神奇事件。其中最奇怪的，莫過於行駛在無人街區的紅電車與藍電車[2]，在無人上下的車站也必定停車的現象。與前面的紙屑一樣，如果你覺得奇怪的話，今夜不妨坐一次看看。在市內電車中，以動坂線與巢鴨線這兩條線出現得特別多，四五天前的晚上，我搭乘的紅電車，果然也在無人上下的車站慢慢停下，那是動坂線的團子坂下站，而且車掌抓著車鈴繩，往馬路伸出身體，一如慣例的吆喝「有沒有人要上車？」我就坐在車掌台旁邊，立刻往窗外探看。外面只有薄雲掩映的月光朦朧浮動著，

---

1 奧爾巴哈地窖：《浮士德》小說中的酒館名，魔鬼與浮士德旅程中首先去的地方，魔鬼並在此處捉弄酒館裡的人。

2 紅電車為終班地面電車，由於會亮紅燈而有此暱稱。藍電車則是終班電車的前一班車，因其站名標示會打上藍光。

不僅是車站的柱子下，連兩側的商家也全都大門緊閉，深夜的寬廣大街連個人影都看不見。正覺得耐人尋味之際，車掌拉了下車鈴繩，電車又緩緩駛動。即使如此，我朝著窗外看去，隨著車站越來越遠，隱約中卻見到那朦朧的月光中，彷彿有個漸漸變小的人影，不用說也許是我的神經有問題，但是朝著下一站急駛的紅電車車掌爲什麼要在無人上下的車站停下電車呢？而且，不只是我遇到這個狀況，我的朋友之間也有三四人提過。這麼看來，該不會是電車車掌每次到站時都在打瞌睡吧。事實上，我的一位朋友曾抓住車掌，厲聲大罵：「站上根本沒人呀！」沒想到車掌也一臉狐疑的回答：「我以爲會有很多人。」

除此之外，如果一一細數的話，像是砲兵工廠煙囪的煙逆風飄送，尼古拉教堂的鐘夜半無人卻突然發出響聲，兩輛同號的電車一前一後通過傍晚的日本橋，空無一人的國技館內，每天都聽到群眾的喝彩聲——所謂「自然之夜的另一面」正如美麗的飛蛾紛飛般，不斷的出現在繁華東京的每個角落。因而，我接下來要說的故事，其實並不是如你想像的那樣脫離現實世界、徹頭徹尾不可能的事件。不，現在既然你已大略了解東京夜晚的祕密，應該不會再隨便看不起我說的故事吧。如果你聽到最後，依然覺得它帶著鶴屋南北[3]那套用酒精布假扮鬼火的味道，那麼切勿怪罪事件本身的虛假，只能說是我講故事的火候，還不及愛倫坡或霍夫曼水平的錯。因爲一兩年前，這個事件的當事人在某個夏夜，對我全盤托出這件匪夷所思的遭遇時，彷彿有種可稱爲妖氣的氛圍，陰森的籠罩在我們周圍，令我至今難忘。

這件事的當事人，是日本橋旁某出版書肆的少東家，他經常出入我的住處，通常洽談完公事後，便會匆匆離去。碰巧那晚自黃昏開始下起大雨，剛開始他一反常態的坐了下來，大概打算等雨停吧。臉色蒼白、愁眉不展，又過於清瘦的少東家，在盂蘭燈籠點了火，藉著微光坐在緣廊下，東拉西扯的聊著天，直到過了戌時。閒談中他突然說起「有件事希望能說給先生聽聽。」然後一臉擔憂的緩緩開了口，他說的自然是今天的主題「妖婆」。直到現在，我還清楚的記得，那位少東家穿的上等麻料夏外掛，像一抹暈開的墨從肩頭潑灑開來，他坐在西瓜盤前，悄聲訴說的樣子，彷彿擔心隔牆有耳。這麼

3 鶴屋南北：江户時代後期活躍的歌舞伎狂言作家。

說來，還有另一件事，掛在他頭上的燈籠，在圓滾滾的表面上，微光浮映著秋草的花紋，而後方濃黑密布的雲層卻擾亂了雨後的天空，這景象不知爲何也深深印在我心裡，難以忘懷。

至於這個故事，是這位叫新藏的少東家（爲了避免橫生枝節，暫時如此稱呼他）二十三歲夏天時的遭遇。當時他有點煩心事，想去找本所一丁目附近一個靈媒婆婆解惑，故事便從這兒開始說起。大約是六月上旬的某一天，新藏去找附近開和服店的商業學校同學，拉他出來一起去吃與兵衛壽司。酒過三巡之後，他不打自招的說起了自己心煩的事由，那同學叫做阿泰，他突然臉色凝重，熱心的勸少東家：「那你去見見阿島婆吧。」在少東家再三細問之下，才知道這個靈媒婆婆是兩三年前，從淺草一帶搬到現在這個地方，既會算命也會消災解厄——聽說十分靈驗，令人懷疑她是不是也會使喚小動物行巫術。「你也聽說過吧，前一陣子，魚政的女老闆投河自盡——她的屍體一直都沒有浮上來，向阿島婆請了符咒，從一之橋丟進河裡，那天稍晚就浮上來了。而且位置就在丟符咒的一之橋橋墩處。剛好傍晚漲潮，幸運的被經過那裡的運石船船老大發現，

『啊，是客人，是土左衛門[4]啊』，在一陣喧鬧後，馬上通知了橋邊的派出所吧。我經過的時候，巡警已經來了。從人群後面往裡面瞧，剛抬上來的女老闆屍體用草蓆蓋著。從草蓆下露出的腫脹腳底，你猜怎麼著？那張符正好斜斜的黏在腳心啊。我著實打了個寒顫。」——聽到朋友這麼說，他的背脊也是一陣寒意。不論是晚潮的顏色，橋墩的形狀，還是女老闆的死狀——那些景象彷彿都浮現在眼前。於是趁著酒意大著膽子說：「眞有意思，你一定要帶我去見見。」朋友說，「那我幫你通傳一下。上次我請阿島婆幫我看看財運，與她也算有點交情。」「那就麻煩你了。」——兩人談著談著，叼著牙籤走出與兵衛，戴起草帽擋住梅雨後的西日，穿著薄外褂，並肩晃蕩到那個靈媒婆婆的住處。

這裡先說說新藏的煩心事。家裡雇用的女傭當中，有個叫小敏的女孩，她與新藏互相傾心一年多，但不知何故，去年底回鄉探望嬸嬸的病之後，便杳無音訊。令人驚訝的

4土左衛門：指水中的屍體。因江戶時代有個叫土左衛門的力士，長得白白胖胖像水中的屍體，其名便被用來代稱浮屍。

是，不只是新藏惦記，連疼愛小敏的新藏母親也十分掛念，從保證人那兒到處託人打聽探尋，但就是不知下落。有人說，看到她去當護士了，也有謠傳說她當了人家的妾。有各式千奇百怪的傳言，但是再追問下去，大家卻都含糊其詞。剛開始時新藏擔心極了，後來覺得惱火，而此時，他只剩下茫然與沮喪。母親見他失魂落魄的樣子，微微察覺到兩人的關係並不尋常，可能又多了另一層憂心吧，她開始讓兒子去看戲，勸他去泡溫泉，或是代替父親去參加生意附帶的宴會——總之想盡了辦法鼓舞新藏低落的心情。所以像那天，也是母親找藉口叫他去巡視本所一帶的零售商，實際上卻是要他去好好玩樂一番，因爲母親雖然沒說出口，卻在錢包裡塞了幾張紙鈔當零用錢。正好東兩國有個他的老朋友，就把這個叫阿泰的拉出來，久違的到附近的與兵衛壽司去喝一杯。

因爲有這等情由，新藏雖然趁著醉意吵著去阿島婆那裡算命，但心裡確有幾分認眞。在第一座橋旁往左轉，沿著行人冷清的竪川河岸，往第二座橋的方向走約一百公尺，在泥水匠和雜貨店之間，有間裝了竹格子窗，木格子門烏漆麻黑的房子——聽朋友說這就是靈媒婆婆的家時，他升起了一股不祥的感覺，彷彿自己與小敏的命運，全都繫在這個怪婆婆一句話上。剛才的醉意也全都醒了。而且這個所謂阿島婆的家是棟屋頂低矮的平房，這種梅雨天時，落雨石[5]上的翠綠青苔特別潮濕，彷彿快要長出蕈菇般，光看都令人倒胃。與隔壁雜貨店分界上，一人環抱的翠柳垂落的枝葉遮擋了窗戶，所以暗影落在屋瓦上，更增添屋裡的陰森，彷彿一道紙門的後面，藏著什麼不可告人的祕密。

阿泰毫不在意的走到竹格子窗前，回頭看向新藏，直到此時才嚇唬他說：「那麼，接著就要去拜見鬼婆了，不過你可別嚇到。」新藏當然不屑的笑笑說：「我又不是小孩子，誰會怕那麼一個老太婆啊。」不料阿泰聽了，彷彿他說錯話似瞪了他一眼，說：「什麼呀。見到老太婆當然沒什麼好怕的，特地警告你，是因為裡面還有一位你絕對意想不到的美女。」這麼說時他已經伸手推門，朗聲問道：「有人在嗎。」立刻就有個低沉的聲音回了一聲「是」，輕輕拉開門，跪在門邊的是個十七八歲的可愛姑娘。原來如此，難怪阿泰會提醒他「別嚇到」。她皮膚白皙，鼻梁挺直，髮際優美，面頰修長，尤其是水靈靈的眼睛——不過從她的臉上看得出令人心疼的憔悴，連印著瞿麥花瓣的薄毛

5 落雨石：排列在屋簷下方地面的石頭，防止因地面因屋簷流下的雨滴而凹陷。

呢腰帶，都像是在折磨著華麗藍底白花單衣裡的胸脯。阿泰一見姑娘的臉，一面脫下草帽一面問：「你娘呢？」姑娘露出不知所措的表情，彷彿自己做錯了什麼，紅著眼眶說：「不巧她剛才出去了，不在家。」但她清亮的眼睛朝格子門外瞥了一眼，臉色一變，輕輕吐了一句「哎呀」，急著想站起來。阿泰似乎以爲這地方龍蛇雜處，該不會是有盜匪經過吧，連忙轉過頭去，但是剛才一直站在夕陽中的新藏卻不見人影。還沒來得及驚訝，那個靈媒婆婆的女兒拉住了阿泰的衣角，呼吸急促使勁的在說話，只聽她懇切的說：「客倌，請您告訴您的朋友，別再接近這個地方，否則性命堪憂啊。」阿泰楞在原地，如墜五里霧般，一時感到莫名其妙，不過，畢竟他受託傳話，所以便說：「好的，我一定告訴他。」隨即抓起草帽，轉身往外跑去，想必是相當狼狽吧。他在新藏身後追了快五十公尺。

五十公尺外，有點冷清的石河岸前，除了夕陽斜照上端的電線杆外，其他空無一物——只見新藏交疊著薄外褂兩隻袖子，呆呆站著注視腳邊。跑得氣喘吁吁的阿泰，尚未緩過氣來便說：「我可不是開玩笑哦，剛才我叫你別嚇到，但卻被你嚇得不輕啊。你究竟和那位女子——」新藏已經急步往第一道橋的方向走去，一面語帶興奮的說：「我認識她。我告訴你，她就是小敏。」阿泰第三次被嚇到——當然會嚇到吧，畢竟這趟去就是爲了算算小敏的行蹤，誰知她就是阿島婆的女兒。但是阿泰受那姑娘的囑託，必須把這難以啓齒的話帶到，所以也不能繼續驚嚇下去，於是他戴上草帽，學著小敏姑娘的神情語調，將不得再靠近這一帶的話告訴了新藏。新藏靜靜聽完，過了一會兒，他蹙起眉頭，露出狐疑的眼神說：「我能明白她叫我別去，但是她說去了就有性命之憂，這就有些莫名其妙了。不只是莫名其妙，而且還很過分。」說著說著他有點動氣了。阿泰也只是聽她囑咐，並沒有追問原因，便跑出阿島婆家，所以，就算他想安慰新藏，但除了不著邊際的叫他坐下，也別無其他安慰的方法。正因爲如此，新藏彷彿變了個人似的沉默不語，加快了腳步往前走。不知不覺間，他們又來到與兵衛壽司的招牌下，他猛地轉頭看阿泰，語帶遺憾的說：「我很高興見到了小敏。」當時，阿泰若無其事調侃的說：「那你再去見她一次嘛」——事後想想，這句話簡直就是火上加油，燃起了新藏心中想見她的火焰。不久，與阿泰分別之後，新藏立刻折返，在回向院前的坊主軍雞飯館喝了兩三瓶酒，等待四周都暗下來，然後在太陽完全西沉的同時，從店裡跑出來，吐著酒臭味，將外套衣袖撥到後面，直闖小敏的住處——那個靈媒婆婆的家。

此時夜色昏暗，一顆星也看不見，地面雖然熱氣蒸騰，時而有涼風吹過，正是梅雨中常見的天氣。新藏當然滿腹怒火，打定了主意不問清楚小敏的心意就不回家。柳樹聳立在墨色流動的天空，下方竹格子窗點了燈，新藏也不管對這房子多麼反感，嘩的一聲拉開格子門，跨進窄小的玄關，大吼一聲「有人在嗎。」大概是聞聲即知來者是誰吧，那個輕柔低沉的應諾竟然有些顫抖。不久後，門靜靜的拉開，便看到憔悴的小敏似乎才剛哭過似的，在後房間電燈的映照下悄悄伏倒在門邊。但是，新藏酒意未消，把草帽壓在後腦杓上，冷冰冰的俯視著她說：「咦，你娘在嗎？我有點事想請她算一算，所以才上門來——能不能幫我看看？如何？幫我通傳一下。」故意裝傻帶刺的說。——不知小敏的心裡有多難受，只見她仍然伏著地，渾身無力的說了聲「是」，眼淚直往肚裡吞。當新藏再次吐出如虹的酒氣，打算叫她「通傳一聲」的時候，隔著隔扇門的後房，傳來阿島婆虛軟無力、帶著濃濁鼻音，宛若蝦蟆一般的聲音說：「門口的是哪一位啊？別客氣，請進來。」那婆婆也很糟糕，就是她將小敏藏起來的。我先好好修理她一頓——他氣勢洶洶一躍跨上木地板，將薄外褂脫在地上，把草帽塞給正想阻止他的小敏，鬥志昂揚的走進後房。但是，可憐的還是被他留在身後的小敏，她倚在隔扇門旁，也無意整理手上的薄外褂和草帽，含淚的平靜眼光一直凝視著天花板，嬌小的兩手交叉在胸前，看起來像是專注的在祈求什麼。

而走到後房的新藏，毫不客氣的找個坐墊墊在膝蓋下，肆無忌憚的四周張望一番。房間果然如他想像，天花板和柱子都染成煤黑色，是個寒酸的四坪大房間。正前面有個六尺寬的淺壁龕，寫著婆娑羅大神的畫軸前，恭敬的擺飾了一座神鏡，一對酒瓶，還有三四條用紅藍黃色紙刻成的小幣束[6]——左側緣廊外大概緊臨豎川吧，所以隱約聽得到緊閉的紙門外有水聲。至於他要見的主角，壁龕前右邊稍遠，陳列著琳瑯滿目的點心盒、汽水、砂糖袋、雞蛋盒的櫥櫃下面，坐著一個梳著寡婦髻、扁鼻、大嘴、臉部腫脹發青的大塊頭老太婆，垮著黑底單衣的後領，睫毛稀疏的眼睛緊閉，浮腫的手指交疊著，宛

---

6 小幣束：祭祀神的供品。

如魍魎般占滿了整張草蓆。剛才他說，這婆婆說話的聲音像是蝦蟆的低喃。但是看她端坐的模樣，還不只是蝦蟆而已，那神情簡直像是非比尋常的蝦蟆精扮成人類的模樣，隨時要吐出毒氣。就算是酒醉壯膽的新藏，都覺得驚駭莫名，連頭頂上的電燈光線彷彿都都變暗了不少。

當然，這點小事，新藏都早已再三做好了心理準備，他開門見山的說：「請你幫我算算看，我的婚事怎麼樣。」阿島婆不知是不是聽不見，她好不容易眼皮微張，一隻手靠在耳朵邊，重複說：「什麼？婚事嗎？」然後發出鼻音哼笑的說：「客倌想要女人了喲？」新藏按捺著心中的怒火，也不管適不適合自己的身分，凶巴巴的說：「當然是想要，才會來請你算。否則誰會來這種——」然後不服輸的也哼笑回去。但是婆婆泰然自若，靠在耳邊的手宛如蝙蝠的翅膀般動了動，半冷笑的打斷新藏的話：「別生氣嘛，我的毛病就是嘴巴笨了點。」然後終於一改態度，仔細的詢問：「多大年紀？」「男為二十三，酉年生。」「女呢？」「十七。」「那就是卯年嘍。」「生月是——」「不用。只要生年就知道了。」婆婆這麼一說，掐了兩三次擱在腿上的手指，好像在數星星。不久，她抬起眼皮鬆垮的眼眶，炯炯有神的盯著新藏說：「成不了、成不了，大凶啊大凶。」先是故作姿態的恐嚇，然後又像是自言自語的說：「若是結了這個姻緣，不管是客倌你，還是那女子，必有一人性命不保。」話說得斬釘截鐵。新藏大爲惱怒，看穿了有性命之憂的說法，都是這個老太婆唆使的，他再也忍不下去了。將兩膝緩緩前移，抬高尙有酒臭味的下巴，盛氣凌人的說：「大凶也沒關係。男人一旦愛上了，就算是丟了性命也是家常便飯的小事，正因爲遭受刀槍水火的劫難，這份痴情才有價值。」婆婆又瞇起了眼，蠕動著厚唇用嘲弄的口氣說：「但是，男人萬一丟了性命，你叫女人怎麼辦。況且，萬一丟了性命的是女人，男人怎麼辦？大哭大鬧嗎？」你這老婆子，敢動小敏一根汗毛試試——新藏氣勢洶洶的瞪著阿島婆，針鋒相對的說：「若是女人死了，男人也不會苟活。」阿島婆依舊兩手交疊，發青的臉頰皮笑肉不笑的高聲問道：「那男人死了呢？」新藏後來說，他那時忍不住打了個冷顫。肯定是阿島婆對他下了戰帖，所以才感到心驚膽戰。而且，阿島婆見他面有怯意，便將黑色單衣的領口使勁一拉，口氣綿軟的說：「不論客倌你怎麼想，也揣度不出老天的意思，不要無謂的抵抗了。」但又突然睜大了眼珠，「你聽，你聽，眼前就有明證，客倌聽得到那個嘆息聲嗎？」這次她舉起兩手靠在耳邊，煞有介事的低聲說。新藏不自覺的豎直身體，靜心聆聽。但是隔在紙門外的，除了小敏的動靜外，聽不到任何聲音。阿島婆的眼睛越睜越大，「你沒聽見嗎？你沒聽見有個像客倌一樣的小伙子，在那邊石河岸的石頭上嘆氣嗎？」阿島婆往前移了兩步，彷彿映在身後櫥櫃的影子也變得更加巨大。那老太婆身上的臭味撲鼻而來之際，新藏便覺得紙門、隔扇、酒壺、神鏡和櫥櫃、坐墊全都籠罩在陰森的妖氣中，呈現出與之前截然不同的詭異形狀。「那個小伙子也跟客倌一樣，被自己的好色心所迷惑，想要違拗附在我阿島婆身上的婆娑羅大神的意思，結果受到大神懲罰，旋即喪失了性命。他就是你的借鑑，你聽。」她的話聲如同無數蒼蠅的拍翅聲，朝新藏的耳朵襲來，就在這時，他彷彿聽見紙門外有個無名之人跳入豎川，發出激烈的水聲劃破夜影而來。新藏嚇得魂不附體，再也待不下去，勉強說了聲「走著瞧」便踉踉蹌蹌的逃出阿島婆家，好像連哭紅眼的小敏都給忘了。

回到日本橋的家，第二天一起床翻開報紙，昨晚豎川果然有人投河自殺——是龜澤町木桶店的兒子，原因是失戀。投河的地點在一之橋與二之橋之間的石河岸。大概是因爲刺激太大，新藏突然發起高燒，而且據說整整三天都無法下床。不過儘管躺在床上，心裡掛念的還是小敏。當然，現在看起來，絕不是小敏變了心，她突然不告而別，警告他不要再去那個地方，一定都是阿島婆的陰謀。所以現在想來，他爲自己懷疑小敏感到羞恥。然而，阿島婆與自己無怨無仇，爲什麼要籌劃這種陰謀呢？這實在是太不可思議了。而且，跟那個支使人跳河的鬼婆婆住在一起，說不定哪天小敏就會被赤裸的綁在老屋的柱子上，用松葉燻燒，好祭奠婆娑羅大神。一想到這兒，新藏再也沒心情躺下去了，第四天一下床，他就想直奔阿泰的住處，找他出點主意。說也巧，他還沒出門，阿泰就打電話來了。而且，這通電話不爲別的，正是爲了小敏。一問之下，昨天深夜小敏到阿泰這裡來，說她想和少爺見一次面，把來龍去脈一五一十的告訴他。但她不能打電話到以前幹活的店裡，只好拜託阿泰傳話。新藏也同樣想見小敏，所以，他幾乎是緊抓話筒不放的態勢，拚命的追問：「她說想在哪裡見面？」「這個嘛，」平時能言善道的阿泰慢悠悠的賣了個關子，才說：「她那麼內向的女子，到處打聽我這個只見過兩三面的人，還親自上門來，肯定是苦思許久才下的決定吧。這麼一想便激起了我莫大同情心。本也想過馬上讓你們見面，但是小敏對阿島婆說，她要去澡堂，這才出得了門，這麼看來，河對岸有點太遠。——話雖如此，卻也沒有其他適合的地方。我便說不如在我家二樓見面吧。但是她再三推辭，不願意麻煩我。其實她這番顧慮也不是沒有道理。我如此尋思後便問，那麼小姐有沒有屬意的地方呢？她驀地羞紅了臉，小聲的說，能不能請少爺明天傍晚到附近石河岸來。光天化日下巧遇就不算罪過。」阿泰強忍著笑意說，但是不用說，新藏可沒那閒情笑。他不耐煩的再三確認：「那麼就決定石河岸了嗎？」阿泰說一時也想不出別的辦法，就先這麼決定了。時間在六點到七點之間，見完面之後，再就近到他那兒一趟。新藏連聲答應和道謝，迅速掛了電話。但是要從一大早等到傍晚，眞是度日如年啊。他撥算盤，幫忙對帳、指示中元節的禮品——一有空檔便焦急的注意帳房格窗上的時鐘指針。

抱著苦澀的心思走出店門時，夕陽餘威仍在，還不到五點。他說這時候遇到了一件妙事。新藏套上小伙計遞來的矮木屐，走過還飄著未乾油漆味道的新書招牌，往柏油路跨出一步時，一對蝴蝶掠過他頭上的草帽帽沿，這蝶叫做烏鴉鳳蝶吧，一種翅膀烏黑，閃著詭異藍色光澤的蝴蝶。當然他那時候沒特別留意，只朝頭頂瞥了一眼，見兩蝶互相旋轉著飛進夕陽高掛的天空，然後便跳上往上野的電車。但是，當他在須田町換車，到國技館前下車時，果然還是有兩隻烏鴉鳳蝶翩翩飛在他的草帽附近。然而，他心想蝴蝶怎麼可能跟著他從日本橋到這裡來，所以這時候也沒放在心上。離約定的時間還早，從那兒到一之橋轉彎之前，看到一家招牌上寫著「藪」的小巧蕎麥麵店，裡面有不少人在吃麵。今天他很謹慎，滴酒未沾，但是胸中窒悶沉鬱，好不容易才把一盤冷麵吃完。直到街上的夕陽消失的時分，他才像是避人耳目的逃犯，悄悄的走出門簾。然而一走出門外，一對黑天鵝絨翅擦著藍粉般的烏鴉鳳蝶，宛如緊追而來般呈一字形飛舞至眼前。不知是不是自己多想，在額頭前拍翅的蝴蝶，其形狀猶如將冷洌澄淨的日暮空氣剪成了烏鴉的大小。他心頭一涼，不覺停了下來，只見一對蝴蝶漸漸變小，互相纏繞著融入天空中。一再出現的怪蝶行徑，果然讓新藏渾身發毛，心想該不會到了石河岸，不知不覺就想跳河吧。一想到此，他竟然猶豫著要不要去了。但是他擔心的還是今晚小敏的命運，所以立刻重振精神，那時黃昏的人影已如蝙蝠般稀稀落落，他也不顧別人側目，立刻朝著約定的地點，在回向院前的街道奔跑起來。但是，一跑起來，那對發出藍光的翅膀也從狛犬石像並立的河岸天空翩翩飛來，兩對翅膀似乎相偕爲伴，然而沒多久便被風吹裹，消失尚有微光的電線杆頂部了。

所以，新藏信步走到石河岸前，等著小敏出現的時間，也有些心神不寧。不時把草帽重新戴好，或是看看收在袖兜裡的掛錶。約莫一個小時，卻比剛才在店裡帳房後面時更加心急焦慮。不過，等了許久還不見小敏的蹤影，他不知不覺離開石河岸前，往阿島婆家的方向走了約五十公尺，右側有一家澡堂，油漆的招牌畫著一顆大桃子，用中國風格寫著萬病根治桃葉湯。小敏藉口去澡堂出門，該不會就是這家澡堂吧——就在這時，女湯的門簾掀開，一個女子走進暮色中的街上，不折不扣的正是小敏本人。她和上次一樣，藍底白花的單衣繫著瞿麥花瓣的薄毛呢腰帶。不過，今晚剛從澡堂出來，臉色泛著嬌豔的紅暈，倒銀杏髻的髮鬢還看得出梳痕，彷彿濕潤未乾的樣子。她把毛巾和肥皂盒抱在胸前，神情擔憂的朝街頭左顧右盼，像在害怕什麼，不過，她旋即發現了新藏，憂心的眼光盈盈一笑，腳步輕快的往男方走近，拘謹的說：「讓您久等了。」「哪裡，沒等多久，倒是你，好不容易才出來吧？」新藏這麼說著，與小敏一起往來時的石河岸走去。但小敏還是心神不定的樣子，不斷回頭看。「怎麼啦，難不成有人追著你來？」他故意調侃她說，小敏霎時羞紅了臉，還是忐忑不安的回答：「哎呀，您特地來看我，我還沒向您道謝呢——真是謝謝您能來。」因此新藏也跟著坐立不安。走到石河岸的路上，他一再追問細節，但是小敏微微苦笑著，只回答了一句：「要是被人發現了可就麻煩了，不只是我，連您都不知道會遇到什麼大災難。」沒多久兩人已來到約定的石河岸前。小敏瞥了一眼蹲踞在陰暗中的狛犬石像，才終於放心似的吐了一口氣。朝著汨汨流過的河邊往下走，那兒放了好幾塊從船上卸下來的根府川石——直到這兒，小敏才停下腳步。新藏戰戰兢兢的從後面走到石河岸中央，站在那對狛犬的陰影下，慶幸著它遮蔽了街上行人的目光，然後一屁股坐在傍晚濕涼的根府川石塊上，再次催著小敏說道：「你說我有性命之憂，又說會遇到大災難，到底是從何說起？」但小敏只是注視著將石牆浸得黝黑的豎川水，靜靜的在嘴裡念念有詞。不久，當她抬起眼光看向新藏時，才終於露出喜悅的微笑，喃喃的說：「到了這裡，就沒有關係了。」新藏一臉發楞的表情，默默的看著小敏的臉。然後，小敏也在新藏身旁坐下，斷斷續續的悄聲說起來，聽了她的話才知，原來兩人遇到了一個可怕的敵人，若是沒選好時間地點，隨時都有可能喪命。

外人以爲那個叫阿島婆的人是她母親，其實是遠房的姑母，小敏父母還在世時，與她根本沒有往來。照繼承宮殿木匠的小敏父親說：「那個老太婆不是普通人，若是認爲我胡說，你去看看她的腰，那兒長了魚鱗片呢。」所以，若是在街上遇到阿島婆，他必定用打火石打火驅魔，或是撒鹽避邪。但是，她父親過世沒多久，和小敏一起長大的母親姪女，體弱多病又孤苦零仃，被阿島婆收爲養女，所以，小敏家與那婆婆家之間成了親戚關係，開始有了往來。但是，不到一兩年，小敏的母親也死了，她沒有可以投靠的兄弟，所以百日還沒滿，就到日本橋的新藏家去幫傭，此時之後與阿島婆便斷了聯絡。至於爲什麼後來小敏又到那婆婆家，等到後面再談吧。

說起這阿島婆的出身，除了聽已逝父親說的事之外，小敏一無所知。只有聽母親或是誰提過，阿島婆以前做過通靈的巫女。不過，小敏認識她以後，阿島婆已在借助所謂婆娑羅大神的魔力，在幫人消災、算命。這個婆娑羅大神，也和阿島婆一樣是個來歷不明的神，有人說他是天狗，有人說他是狐狸，眾說紛紜。對小敏來說，他們家祖先奉祀的天滿宮，裡面的神官據說一定都是龍宮來的。因爲這個緣故，每天深夜兩點一到，阿島婆就會從後面的緣廊，沿梯子走進豎川中，將全身乃至頭部都浸在水裡約三十分——而且如果只是這個時節的話，倒也沒什麼問題，但是天寒地凍時，她也是一條纏腰布，宛如人面水獺般，在紛紛落下的冰霰中跳入水中。有一次小敏擔心，手持著電燈打開雨窗，不動聲色的查看河面。對岸連棟倉庫的屋頂殘留著皚皚白雪，相對之下顯得特別幽黑的水面，只看見婆婆短髮的腦袋，如同浮巢般漂動。不過，婆婆不論是消災作法還是算命，都十分靈驗——明著看起來阿島婆好像都在爲人解難，但是也有很多人買通阿島婆，要她施咒殺害父母、丈夫或是兄弟。事實上，上次在這石河岸投河自殺的人，據說是同樣愛上柳橋藝妓的米店老闆，託阿島婆施法讓他丟了性命。不過，不知什麼神祕的原因，只要一個人被她施法害死，不管那老太婆再怎麼作法祈禱，都無法在石河岸這種地方，再加害死者周圍的人。不只如此，儘管阿島婆有千里眼力，但是卻看不見死者喪生地發生的事。所以，小敏才會特地叫新藏到這個石河岸來。

那麼，爲什麼阿島婆非得破壞小敏與新藏的姻緣呢。因爲一個有個投資商人請阿島婆算算今年春天市場的行情時，看見了美麗的小敏，便砸下大錢引誘那婆婆，最後婆婆同意將小敏給他作妾。如果只是這樣，不管怎麼說只要花錢就能解決。但是此時出了一點麻煩，那就是阿島婆若是少了小敏，就無法作法或是算命。——這是因爲每當阿島婆開始作法時，首先會讓婆娑羅大神降靈在小敏體內，然後從神靈附身的小敏口中，一一請求指示。外人可能覺得，就算沒有小敏，那婆婆自己讓神靈附身不就行了？然而，進入那種似夢似眞的恍惚境界的人，雖然當下能通達那個神祕世界的消息，然而清醒後就會把附身時的事忘得一乾二淨，所以才不得不讓神靈降在小敏身上，聽取大神指示。既然有這種需要，那婆婆不讓小敏離開，也算是合情合理。然而，投資商人也看準了可乘之機，既然娶了小敏爲妾，阿島婆也必定隨嫁過來。到時候讓她隨時卜算行情，運氣好的話還能一取天下，打的是財色兼得的算盤。

不過從小敏的角度來看，儘管她是在恍惚中說的話，但是阿島婆幹的壞事，卻也都是按著她的指示去做的，沒有良心的人另當別論，但小敏被當作這種工具一定相當恐懼。這麼說來，前面提到阿島婆的那位養女，在她收養之後也要她從事這種角色，原本已經孱弱的身體，從此更加體弱多病，最終因爲受不了內心的譴責，趁著婆婆睡覺時吊頸自縊。小敏離開新藏家，正是這名養女身亡後。這位可憐的少女給兒時玩伴留了一封信，那老婆子可能早就盤算著讓小敏接手吧，以此爲由要她向東家請假，把小敏誘至現在的居所，然後強硬的恐嚇說，就算殺了她也不放她回主人家。然而，小敏與新藏已有了金石之約，所以當然那天晚上就打算逃走。然而阿島婆也不是省油的燈，小敏幾次往入口的格子門窺探，必定有一條大蛇盤踞在門口外，所以實在提不起勇氣出去。此後她也幾度想趁隙逃跑，但依然有相似的怪事，讓她無法得償所願。這時，小敏無可奈何，只能當作命中注定，哭著對阿島婆言聽計從。

但是自從上次新藏來了之後，那婆婆看穿了兩人的關係，平日殘暴無情的她，不僅是對小敏責罵喝斥而已，還不時毒打掐肉，等到夜深人靜還作妖法，讓她雙手懸吊，或是讓蛇繞住頸脖，施加種種可怕的折磨，光是聽都會寒毛直豎。但是，更令她痛苦的是，在這些打罵之間，那婆婆還會對她冷冷獰笑，威脅她若是再不死心，就算讓新藏折壽，也不會把小敏讓給別人。這麼一來，小敏等於被逼到絕境，原本她已經認命，覺得任何事都是自己的因果報應，但是萬一新藏也遭到無可挽回的災難，那就後悔莫及了。所以她才終於萌生想對新藏全盤托出的想法。而新藏聽完來龍去脈，既痛恨又鄙夷，不知世上怎麼會有這樣作惡多端的女人，很難想像小敏在去阿泰家之前，是多麼徬徨無依。

小敏說完這話，一如往常的抬起蒼白的臉，凝視著新藏的眼睛說：「我是個苦命的女子，所以不管再怎麼痛苦、哀傷，我們就當作以前從未認識過，各走各的路——」說到這裡，她再也忍耐不住，趴在新藏的膝頭上，咬著袖子哭起來。新藏一籌莫展，只能撫著小敏的背，時而痛罵阿島婆時而柔聲鼓勵。但是至於要如何對抗阿島婆，讓兩人的戀情修成正果，他不得不遺憾的說，幾乎沒有任何勝算。不過，爲了小敏，此時他當然不能示弱，只能勉強裝出開朗的口氣說：「你不要那麼擔心，過一段時間，她的惡行終將被揭露。」新藏只是敷衍一時的安慰，但是小敏好不容易止住淚水，坐起身子，但還是語帶哽咽的說：「過一段時間也許眞的能解決。但是後天晚上，那婆婆又要執行降神，到時候我若是不小心說溜了嘴——」她手足無措的說。新藏再次感到衝擊，好不容易提振的士氣，也全都轉爲沮喪。後天的話，那麼就得今明兩天想出辦法，否則別說自己，連小敏都可能會沉入萬劫不復的地獄中。然而，只有兩天要怎麼抓住那個妖婆呢？即使去向警察投訴，法律的力量也管不到幽冥世界施行的犯罪。何況，社會的輿論對阿島婆犯的罪，當然只視爲迷信，一笑置之，不想加以追究。想到這兒，新藏叉起雙臂，茫無頭緒，毫無辦法可想。窒悶的沉默持續了一陣子之後，小敏抬起盈眶淚眼，望著已有微弱星光的暮色，「我索性死了算了。」她沙啞的聲音低喃著。不久，又像是害怕什麼似的，驚恐的看著四周。「回去晚了，我又要被那婆婆責罵，所以我還是回去吧。」就像是心力交瘁一般。這麼說來，他們來到這裡大約也半個鐘頭了，暮靄隨著潮水的氣息一起籠罩在兩人周圍，河對岸的柴堆和繫在下面的草船，也都隱薇在蒼茫一色中。只有豎川的水恰如大魚腹般泛著微微的白光。新藏擁著小敏的肩，在她唇上輕輕一吻，使盡力氣的說：「不管怎麼樣，你明天傍晚再來這裡，我今晚一定想出個辦法來。」小敏用手巾輕輕擦去臉頰上的淚痕，沉默悲痛的點點頭。然後靜靜的從根府川石塊上站起來，她和垂頭喪氣的新藏一起從狛犬石像下走上街頭時，大概突然淚水又湧了上來，她傷心的垂下頭，露出美麗的後頸，再一次啞著嗓子說：「唉，我索性死了算了。」就在這個時候，剛才那對黑鳳蝶消失的電線杆下，浮現出一隻碩大的人眼，它沒有睫毛，眼珠混濁彷彿罩著一層青色的膜，看不出眼光看向何方，大小大約有三尺多吧。剛開始浮出時像個泡沫，然後漂到離地稍高的位置便停住了，突然間那個黑色的眼瞳斜移到眼角。最不可思議的是，這顆大眼儘管融入了街頭的黑影裡，顯得朦朧不清，但是看起來卻藏著說不出的惡意光芒。新藏忍不住握緊拳頭，護住小敏的身體，一面緊緊盯著那個幻像。但其實此時的他背脊一陣寒涼，全身的毛孔都像灌了風一般，連呼吸都快停止了。他想發聲大喊，卻舌頭發硬怎麼也動不了。所幸，那隻眼睛雖然將憎惡集中於眼瞳，朝他們盯視了好一會兒，漸漸的形影越來越淡，最後，貝殼般的眼眶掉落，那地方只剩下電線杆，什麼怪影都消失了。只有像是烏鴉鳳蝶的物體翩然飛起，從狀況來看，也許有可能是飛掠地面的蝙蝠。但後來新藏與小敏宛如從惡夢醒來般，臉色蒼白呆滯的面面相覷，彼此都從對方眼中看見恐懼之色，不覺互相握緊了手，顫顫巍巍的打著哆嗦。

三十分鐘後，在通風良好的後房間裡，房間主人阿泰面前坐著依舊驚惶失色的新藏，壓低聲音訴說著今晚遇到的種種異象，兩隻黑蝶、阿島婆的祕密、巨大人眼的幻像——所有在現代青年的眼中荒誕無稽的事。但是已見過那妖婆神怪魔力的阿泰，並無絲毫懷疑的神色，只是請新藏吃冰淇淋，一面屏息聆聽。「那個大眼睛消失之後，小敏臉色煞白的說：『怎麼辦？婆婆已經發現我和你在這裡見面了。』但是我自壯聲勢的說：『到了這個地步，等於我們和那老婆子的戰爭已經開打了。她沒發現最好，發現了也罷，都無關緊要。』」我現在煩惱的就像剛才說的，我和小敏約好明天再去石河岸見面。但是，今天晚上的約會，如果已經被那老婆子發現的話，恐怕明天她不會讓小敏出門。所以縱使有什麼好計謀，可以從那老婆子的手中救出小敏，也很難成功，況且，這個計謀還非得在今明之內想出來不可。明天晚上若是見不到小敏，所有的計畫都化為泡影了。想到這兒，眞的是叫天天不應，叫地地不靈。與小敏分別，到這兒的路上，我的雙腳彷彿沒沾地似的，怎麼走來都不知道。」──新藏一五一十的說完後，似乎這才想起似的拿起團扇，憂心忡忡的打量阿泰的臉。但是，意外的是阿泰不慌不忙，一味瞧著掛在屋簷下的兔腳蕨，過了好一會兒才把目光轉到新藏身上。即使如此，他仍微皺眉頭說：「總之，若要達到你的目的，就得闖過三個難關。第一關，你必須從阿島婆手上，安全的──注意哦，要安全的──把小敏搶過來。第二，而且這個計畫必須在後天以前實行。此外，爲了討論實行的步驟，明天必須先和小敏見面──這便是第三個難關。而這第三個難關嘛，如果第一、二個難關都能闖過的話，應該沒有問題。」聽起來十分有自信的口吻。新藏仍舊愁容滿面，有些疑惑的問：「怎麼說？」然而阿泰帶著令人不耐的從容表情：「這還用說嘛。如果你見不到她──」說到一半，阿泰突然張望四周才說：「這部分除非必要，我暫時先賣個關子，因爲若是照你剛才所說，那婆子在你的四周撒下了天羅地網，最好別隨便談論。事實上，第一、二個難關想破也並非破不了。──總之，包在我身上。反正你今晚就喝喝啤酒，好好培養勇氣吧。」說到最後，還輕笑帶過。新藏見狀當然是又急又氣。但是他開始喝起麥酒之後，才發現阿泰的小心謹慎不無道理。因爲兩人有一搭沒一搭的閒聊之後，阿泰突然注意到，新藏的餐盤裡與燻鮭魚放在一起的杯子裡，黑啤酒已經沒了泡沫，漸漸變得清澄，但是新藏一口都沒喝。因此，阿泰才拿起滴水的啤酒罐，勸他「打起精神來乾了吧。」新藏沒想太多，拿起酒杯正想一口喝盡時，卻發現本來直徑大約兩寸的圓酒杯裡，反光的黑啤酒面映著天花板的電燈和竹簾——但一瞬間，杯裡卻出現一個陌生人臉。不對，說得更精確的話，應該說是一張陌生的臉，但它是不是人臉則說不準。照他的想法，說它是鳥或是獸，乃至蛇或蛙都不無可能。而且與其說它是臉，不如說是臉的一部分，特別是在眼鼻之間這一塊，彷彿從新藏背後偷偷的瞧著杯裡，遮住了電燈的光，落下了影子。這麼形容好像時間很長，但是就如剛才所說，只是一瞬間，那個不明怪物的眼睛，從直徑兩寸的黑啤酒杯圓框中，瞄了新藏一眼，然後就立刻消失了。新藏把酒杯放下來，骨碌碌的眼睛前後張望。但是，電燈依然亮著，屋簷下的兔腳蕨也依然被風吹得打轉。這涼快的裡屋找不到一絲帶有妖氣的東西。「怎麼了？有蟲子掉進去嗎？」——聽到阿泰這麼問，新藏只好擦去額頭的汗，難爲情的說：「啤酒裡有張奇怪的臉。」阿泰一聽，像是回聲般重複道：「有張奇怪的臉？」他探頭看了看新藏的杯子，但是那裡面除了阿泰的臉之外，沒有任何像臉的影像。「是不是你太緊張了？難道那個老婆子連我這兒都不放過？」「你剛才自己不是也說了嗎？那老太婆已經對我撒下天羅地網了。」「說得有理。不過，難道——難道那老婆子把舌頭伸進啤酒杯，偷喝了一口嗎？管他的，還是乾了吧。」——阿泰想盡辦法給心情低落的好友打氣，但是新藏的心情越發鬱悶，沒喝完酒就準備打道回府了。因此，阿泰不得不再三的殷切安慰他不要失去希望，又怕他沒心情搭電車，還幫他叫了車。

這一晚，新藏就是睡著了也不斷作怪夢，從夢中驚醒數次。好不容易熬到了天亮，新藏立刻打電話到阿泰那兒，爲昨晚的事道謝。可是來接電話的是阿泰店裡的掌櫃，說「老闆今天一大早就出門去了。」新藏心想該不會去阿島婆的住處吧，可是又不方便挑明了問，而且就算他問了，外人也不可能知道，所以只好拜託掌櫃傳話，等老闆回來務必通知他，然後便掛了電話。然而忙了一上午，快中午的時候，阿泰自己倒是打電話來了。果不其然，他早上到阿島婆那兒請她看風水。「幸好見到了小敏。我把計畫寫在信上，悄悄的塞在她的手裡。明天才能知道她的回覆，但是畢竟情況緊急，小敏也會幫忙的。」——聽到阿泰這麼說，新藏才覺得所有的事好像都朝著順利的方向發展，他很想知道這個計畫是什麼，便問：「你到底有何打算？」阿泰還是像昨晚一樣，在電話裡不置可否的笑笑，「哎，再等個兩三天吧。要對付那個老婆子，打電話也不得大意。反正，以後就我打電話給你吧。再見。」新藏掛了電話，一如往常的走到帳房櫃台後面坐下，但是一想到這兩天就會決定自己與小敏的命運，他既不是擔憂，也還不到焦慮，話雖如此，事到如此當然也不至於高興，只是莫名的覺得心頭怦怦跳，帳簿或算盤也都懶得管。因此，那天他藉口高燒還沒退，從中午就到二樓的房間躺下。然而這段期間，他總感覺有人在監視自己的一舉一動，這無關乎睡著或醒著，似乎已經成了一種偏執。事實上下午三點左右，他確實感覺有人蹲在二樓的樓梯口，那視線正透過竹簾看著他。他立刻跳起來，走到樓梯口查看，但是只有擦得晶亮的走廊，模糊的映著窗外的天空，一個人也沒有。

這種狀況持續到第二天，新藏越來越坐立難安，殷殷盼著阿泰打電話來，好不容易到了跟昨天同樣的時間，果如約定有人叫他聽電話。但是一接起來，阿泰用比昨天更快活的語調說，「小敏終於有回信來了。一切都按著我的計畫實行。什麼？我是怎麼收到回信的？我又找了個理由，親自出馬到那老婆子家嘛。而昨天我寫了信交給小敏，所以小敏出來接待時，立刻偷偷的把信塞進我手裡。回信很可愛喲。她用平假名寫著：『遵命。』——」阿泰得意洋洋的說個不停。但是今天奇怪的是，阿泰說話的時候，不只是聽到阿泰的聲音，還夾帶了別人的聲音。雖然那個聲音在說些什麼，全都聽不清楚。總之，那聲音與阿泰的宏亮聲線正相反，鼻音、虛軟、喘息般慵懶的聲音，正如日陰與向陽一般，夾在阿泰呱啦呱啦的話語間，流進話筒的底下。剛開始，新藏以爲電話串線，也沒太在意。所以，他只是不斷催促著阿泰問：「還有呢、還有呢？」一心只想聽到他心心念念的小敏消息。然而後來，阿泰似乎也聽到這古怪的聲音，他問：「怎麼這麼吵，是你那邊嗎？」新藏答：「不是我這邊，是串線了吧？」阿泰嘖了一聲說，「那我先掛斷，重新再打給你。」可是，就算是重打一次、兩次，甚至三次向接線生抱怨，耐著性子請她重接，還是會聽得到像蝦蟆嘀咕一般的雜音。阿泰最後只好讓步：「沒辦法，大概是哪裡故障吧。——不過，言歸正傳。小敏既然說了遵命，我想計畫應該會順利成功吧，你放心等我的好消息吧。」阿泰又繼續說起剛才的事，新藏還是很好奇阿泰的計畫內容，所以他像昨天一樣，再度問他「你到底有什麼打算？」阿泰還是一副若無其事的態度，「再忍耐一天吧。明天這個時間，一定會讓你知道。——哎呀，別那麼心急，就當作上了大船上等著。人家不是說只要靜心等，福氣自然來嗎。」他半開玩笑的回答。但是話還沒說完，突然，耳畔突然響起一個模糊的聲音，「別白費勁兒了！」顯然是在嘲笑他們。阿泰與新藏不覺同時互問：「剛才的聲音是哪來的？」但是話筒中一片靜默，那個呢喃般的鼻音完全聽不見了。「這可不行。老弟，剛才是那個老婆子呀。萬一出了差錯，難得的計畫也——好吧，一切就看明天，那麼我先掛了。」阿泰說完掛了電話，從他的聲音中明顯感覺他的慌亂。而且如果阿島婆連兩人之間的電話都注意到了，當然，她一定也發現阿泰與小敏之間的祕密傳訊，所以阿泰的驚慌可想而知。再說，以新藏的角度來看，雖然不知道阿泰有什麼打算，但阿泰這個無可取代的計畫，若是被那老婆子將計就計，那就全完了。所以新藏掛了電話，宛如丟了魂似的，楞楞的回到二樓的房間，茫然的望著窗外的晴空直到天黑。不知是不是心理作用，數十隻可恨的烏鴉鳳蝶，不時在天空集結成群，編織出可怖的印花圖案。但是新藏已經身心俱疲，所以連這種不可思議的景象，他都沒有什麼感覺了。

那天晚上，新藏還是惡夢連連，連一個好覺都睡不了。然而天亮之後，心情還是增加了幾分活力。用完了如同嚼沙的早飯，他趕緊給阿泰打電話。「你傻了嗎，這麼早打電話來？這時間給我這種晚睡晚起的人打電話，太殘忍了吧。」——阿泰睡意朦朧的抱怨，新藏沒理會，繼續說道：「我昨天自從通了電話之後，在家裡實在待不住，所以我即刻動身到你家去。不行，在電話裡聽你說，實在放不下心。聽懂沒，我現在馬上過去哦。」宛如小孩耍賴似的，阿泰聽他這麼激動的口氣，也別無他法吧，只好回答：「那你來吧。我等你。」新藏一掛上電話，見到憂心的母親只擺了一張臭臉，也沒稟告去處，就飛奔出門了。一出門，天空陰沉沉的，東方雲層之間蕩漾著紅銅色的光，是個特別悶熱的天氣。當然他無暇注意這些，立刻跳上了電車。慶幸車廂沒什麼人，找了個正中間的位子坐下。然而，一時解除的疲倦卻壞心眼似的還留在體內，新藏精神更加頹靡，彷彿硬草帽漸漸箍緊了腦袋般，劇烈的疼痛起來。他把視線從自己木屐上的腳指頭，轉向隔座附近，試圖忘了頭痛，可是這輛電車上又發生了不可置信的事——那就是車頂原本整齊的吊著一排吊環，隨著電車的搖晃，便會如同鐘擺一般搖動。但是唯獨新藏面前的吊環，卻始終靜止不動。而且剛開始他只是覺得有點滑稽，並沒有想得太深，然而自然而然產生了被人監視的恐懼心情。於是他想，別坐在這種吊環下了吧。便刻意移動到對側角落的空位子。移過去一抬頭，剛才還在搖晃的吊環，卻突然固定似的不再搖動，反倒是剛才的吊環，如同喜獲自由般猛力的搖晃起來。新藏一如往常感到毛骨悚然，連頭痛都忘了，彷彿像要求救般向其他的乘客張望。這時，坐在新藏斜前方一個貌似退休的老太太透過金絲邊眼鏡，從黑絽披肩的領口迎視著新藏。當然，這位老婦與降神的老太婆沒有任何淵源，但是在她的視線下，新藏突然想起阿島婆浮腫發青的臉，便再也按捺不住，倏地把車票交給車掌，比作案失風的扒手更快的跳下電車。然而，電車正以極快的速度前進，所以腳一著地，他的草帽飛了，木屐帶斷了，而且還向前撲倒，擦破了膝蓋。不只如此，如果他再晚一點站起來，恐怕已經被揚起飛塵的某輛貨車輾過去了。渾身泥巴的新藏看到朝他的臉噴煙、從身旁急馳而過的貨車，其黃漆後門有個黑色蝴蝶的商標時，才領悟到，自己撿回一命完全是老天保佑。

那兒離鞍掛的公車站只剩一百公尺左右，但是碰巧有輛人力車經過，所以不管三七二十一先上了車，神色猙獰的催車往東兩國走。半途中依然心跳飛快，膝頭的傷也不斷抽痛，再加上剛才的驚魂，所以他滿是隨時可能翻車的不祥憂慮，活路幾乎要被斷絕。尤其是車子到達兩國橋時，鑲著霧銀邊的烏雲密布在國技館的天空上，望著廣闊大河的水面，如同蜆蝶般帆影點點，新藏感受到自己與小敏正走向生死的分隔點，一時受悲壯的激情所感，忍不住眼眶泛淚。所以，當車過了橋，好不容易在阿泰家門口下了車時，一種既悲又喜、無以名狀的情感湧上心頭，忙不迭遞給一臉詫異的車夫超額的車錢，便倉皇的鑽進店門口的布簾。

阿泰一見新藏的臉，只顧著拉著他的手，帶他到之前的那個後屋，不久後才注意到手腳上的擦傷，和開了口子的薄外褂，驚訝的問：「怎麼了，你怎麼這副模樣？」「我從電車上摔下來了，在鞍掛橋那兒跳車沒跳好。」「你又不是鄉下人──」手腳再不靈巧也該有個限度吧。不過，你怎麼會在那個地方跳車呢？」——於是新藏把在電車裡的奇遇一五一十的說給阿泰聽。阿泰認眞的從頭到尾聽完後，不尋常的皺緊眉頭，自言自語的說：「形勢越來越不利，我猜小敏恐怕是失敗了。」新藏一聽到小敏的名字，突然心臟又急跳了起來。「她恐怕失敗了？你到底叫小敏做了什麼事？」他近乎逼問似的說道。但是，阿泰並沒有回答，只是說：「雖然搞到這個地步，可能是我的錯。但是如果我沒有在電話裡告訴你，交給小敏那封信的事。那老婆子一定不會知道我的計畫。」他心煩意亂的嘆了口氣。新藏越加忍耐不住，語調顫抖的埋怨：「事到如今，還不把你的計畫告訴我，難道不會太殘忍嗎？因爲這個緣故，我心裡有多苦啊。」「是是是。」阿泰舉起手安撫，「你說的很有道理，這道理我再明白不過了。可是既然要對付那個老婆子，你該明白這也是不得已。實際上剛才我也說了，如果我沒有告訴你與小敏傳信的事，也許一切都會順利進展。因爲你的一言一行都已經被阿島婆掌握在股掌間了。不對，說不定自從上次那通電話以後，我也被那老婆子盯上了。不過到現在爲止，我身邊尙未發生過你那些古怪事件，所以，不論你怎麼怨我，在我這計畫確定失敗與否之前，我還是三緘其口爲宜。」他半是告誡半時勸慰的說。但新藏聽到這裡，儘管阿泰說的話他都能理解，但是也不能改變他憂慮小敏安否的心，所以眉間還留著嚴峻的神色，不留情面的責問：「即使如此，你沒有讓小敏做什麼壞事吧？」阿泰也露出擔心的眼神，只吐出一聲：「難說。」便陷入了沉思。但是，不久後他探頭看了看隔壁間的時鐘，像是下定決心說道：「我也擔心得不得了。不然，先不去那老婆子家，到附近偵察一下吧。」新藏實在也已經心急如焚，無法從容的坐在這兒，所以當然一口答應。於是兩人立刻紙上練兵一番，不到五分鐘，便套上薄外褂並肩匆匆離開阿泰家。

不過，走出阿泰家還不到五十公尺，後面就聽到有人快步跑來。二人一同回頭，並不是什麼古怪，而是阿泰店裡的小伙計。他扛著一把蛇目傘，十萬火急的追趕上主人。「送傘啊？」「欸。掌櫃說好像快下雨了，您還是帶著吧。」「既然這樣，怎麼不順便幫客人也帶一把呢。」——阿泰苦笑著接過蛇目傘。小伙計得意的抓抓頭，忸怩的鞠個躬，便一溜煙的往店裡跑去。這麼說來，頭頂上確實看到積雨雲比剛才更黑了，從雲端滲露出來的光線，宛如磨光的鋼鐵般帶著令人膽寒的冷意。新藏一面與阿泰並肩走著，一面望著天空的變化，心中又升起不祥的預感。所以，自然也不再搭話，只是一味的加快了腳步。所以，阿泰不時落後，不得不小跑步追趕，一面慌張的擦汗。不久，他大概不想追了，就讓新藏走在前面，自己提著蛇目傘跟在後面，不時同情的眺望好友的背影，踱著大步往前走。兩人來到一之橋的橋頭往左轉，來到小敏與新藏看到大眼幻覺的那個石河岸前時，後面跑來一台人力車，經過身旁時，阿泰見了一眼車上的客人，不覺皺起眉頭，大聲的「喂、喂」把新藏叫住。新藏只好停下步伐，不太情願的回過頭，不耐煩的說：「幹嘛。」阿泰快步追上來，問他：「你剛才看到車裡的人嗎？」新藏狐疑的回答：「看到啦，瘦瘦的、戴個黑眼鏡的男人對吧？」說完，又繼續往前走。阿泰並未退縮，比先前嚴肅的說了個意想不到的事，「你聽我說，那個人呀，是我家的大主顧，他叫鍵惣，是個投資商人。我在想，上次說想納小敏爲妾的那個，會不會就是他。不過，我沒有什麼根據。只是突然直覺這麼想。」新藏還是提不起勁，吐出一句：「你想多了吧。」便頭也不抬的走過那家桃葉湯的招牌下。阿泰拿起蛇目傘，指著兩人的前方說：「未必是我多想，你看，那輛車不是停在阿島婆的家門前嗎？」接著，得意的回頭看新藏的臉。抬頭一看，剛才那輛車果然停在渴雨的垂柳樹蔭下，鑲著金紋的車尾對著他們，車夫悠閒的放下車把，坐在踏板前。新藏見狀，最初愁眉不展的神情漸漸有了些微的情緒，但是還是沒有脫離原來鬱悶的心情，他厭煩的說：「可是，去找那婆子算命的投資客，除了鍵惣之外，還有別人吧。」不知不覺他們已經來到阿島婆家隔壁的泥水匠門前。阿泰不再堅持己見，小心翼翼的觀望四周，又搭著新藏外套肩頭像是保護他一般，緩緩的走過阿島婆家前面。通過之後，兩人用眼角餘光查探狀況，唯一不同以往的，只有那台鍵惣坐的車。比起剛才遠望時，它現在就在眼前，正好停在泥水匠鋪的汲水口前，留下兩道粗粗的車輪印。車夫把菸蒂夾在耳後，理所當然似的看著報紙。不過，除此之外，竹格子窗、髒黑的格子門，乃至竹簾都沒變。不僅連格子門內的陳舊拉門色澤一如過往，屋裡也如同平日般籠罩在陰森的靜謐中。原本還抱著萬分之一的僥倖心態，盼能遇見小敏，但是別說人了，連那可愛的藍底白花裙擺都沒閃過。所以，兩人穿過阿島婆家門前，往隔壁的雜貨店走去。雖說剛才緊張的心情舒緩了不少，但是也得忍受著期盼落空的失望。

來到那家雜貨店前時，只見鋪前擺著淺草紙、棕刷、洗頭粉等，上方則吊著一連串寫著蚊香的紅燈籠——然而，站在店門前，與老闆娘說話的——不正是小敏本人嗎？兩人不自覺互看一眼，幾乎一刻都沒耽擱，便揚起外套衣角大剌剌的闖進雜貨店裡。小敏察覺這一動靜，轉身看向兩人，蒼白的臉頰漸漸有了微微的血色，但是，大概是需要顧及雜貨店老闆娘的關係，她依然任由垂到簷下的柳條搭在肩頭，勉強壓抑著心頭的激動，只輕輕發出「哎呀」的驚嘆聲。阿泰不慌不忙的將手靠在草帽簷，若無其事的說「你娘在家嗎？」「有，她在家。」「那你怎麼在這兒？」「我來幫客人買宣紙——」——小敏的話還沒說完，被柳枝遮蔽的店門口似乎更加昏暗，突然間，一條雨絲掠過蚊香的紅燈籠，斜斜的發出冷光，幾乎同時，響起了彷彿連柳葉也隨之震動的隆隆雷聲。阿泰趁著這個機會，快步折返到店外，說：「那麼，你跟你娘說一下。我還想請她幫我算一算——剛才我在門前叫了好幾聲，但是一點動靜也沒有。心裡正納悶著怎麼回事，原來是負責通傳的女兒在這兒閒聊呢。」他左右看看小敏又看看雜貨店老闆娘，老練的衝著她們笑起來。當然，不知內情的雜貨店老闆娘，不可能發現阿泰這番精巧的表演。

「小敏，既然這樣，你快回去吧。」老闆娘慌張的催促小敏，她說因爲下雨，自己也得快點去把蚊香紅燈籠取下。因此，小敏說了聲：「那麼，阿姨，回頭見。」便走在阿泰與新藏中間，離開雜貨店。但是，三人走到阿島婆家門前，當然並未停步，撐著蛇目傘擋去點點落下的大顆雨珠，加快腳步往一之橋方向走去。其實這幾分鐘時間，不只是男女主角，連平常生氣勃勃的阿泰，大概都意識到終於到了丟出命運骰子，決定勝負的時刻。來到石河岸前，三人像是說好一般低著頭，默默的前進，彷彿沒有注意到隨之而來的傾盆大雨。

不久後來到面對面的狛犬石像處，阿泰才好不容易抬起臉，回頭向兩人說：「你說這個地方最安全，我們就在這裡面休息一下等雨停吧。」於是三人擠在一把傘下，穿過堆積的石塊之間，走進石河岸一角、平常切割石塊的草棚下。那時雨勢越來越猛烈，白茫茫的奔騰而下，連豎川對面的河岸都看不見了，所以單靠這層草蓆屋頂，恐怕是擋不住。不只如此，雨水的飛沫如同霧氣般，與濕潤泥土氣息，濛濛的自外噴濺進來。因此，三人雖然站在棚下，但還是仰賴那支蛇目傘，彼此緊挨著坐在看似要切割成門柱的御影石上。新藏立刻開口說，「小敏，我以爲再也見不到你了。」——這麼說時，大雨中斜斜閃過青白色的電光，轟隆隆的雷聲彷彿震裂雲層。小敏不自覺把梳了倒銀杏髻的頭伏在腿上，一動也不動了好一會兒。不久，她抬起全無血色的臉，迷濛的視線怔怔的望著外面的雨勢，用冷靜得令人發毛的聲音說：「我已經豁出去了。」殉情——聽到小敏的話那刹那，這個危險的字眼如同用燐火書寫般，烙進新藏的腦海中。但是，坐在兩人之間，撐著大蛇目傘的阿泰，向左右投以爲難的眼神，即使如此，他還是用充滿活力的語調說：「喂，你要堅強一點，小敏，你也要拿出勇氣來，因爲死神往往會在這種時候趁虛而入——對了，今天來的那位客人，是個投資客，叫做鍵惣對吧？是啊，我稍微認識他。想納你爲妾的，不會就是他吧？」阿泰快速把話題轉到實務面上，小敏也馬上如夢初醒般，清澈的眼神望著阿泰的臉，委曲的說：「對，就是他。」「你看吧。我的猜測果然沒有錯。」——阿泰得意的轉向新藏，但立刻又換上正經的表情，體貼的轉向小敏，「雨下得這麼大，就算是鍵惣，也要在你家待個二十到三十分鐘吧。趁著這段時間，快把我的計畫實行得怎麼樣說給我聽。如果全盤失敗的話，男子就該一決死戰，我這就到你家去，直接和鍵惣面對面說清楚。」阿泰果敢的口氣，聽在新藏的耳裡無比振奮。這段時間，雷聲越來越激烈，雖然是大白天，但是巨大的閃電幾乎未曾間斷的打在瀑布般的大雨中。小敏忘了悲傷，似乎已決定以死相拚。她的臉蛋與其說美麗，更帶著些淒豔的味道，她顫抖著依然鮮麗的嘴唇，用細微但清澈的聲音道：「計畫被她看穿了——全都失敗了呀。」在這雷雨的草棚下聽著小敏呼吸急促的斷斷續續訴說經過，新藏才知道阿泰的計畫，光是昨天一夜之間，有了這麼大的轉折而終告失敗。

阿泰一開始從新藏那裡得知，阿島婆命小敏神靈附體、聽從指示時，心中立刻想到了，讓小敏巧扮附身，瞞騙那老婆子是最快的捷徑。因此，如先前所說，他假藉看風水爲名，到阿島婆家去時，偷偷將這主意寫在紙上交給小敏。雖然知道小敏實行這個計畫，其實十分凶險，但是，眼前除了這個辦法之外，實在想不出渡過這個災難的妙計。所以，第二天早上，小敏咬牙決定，交給阿泰「遵命」的回答。但是，那天晚上十二點，那婆子依照慣例，在豎川裡浸水之後，開始請求婆娑羅神降臨時，小敏知道這兒有個人力所無法超越的障礙。若要說明其中詳情，就必須先解釋一下那老婆子有著當今世人無法置信的道行。阿島婆請神降臨的時候，竟然讓小敏在腰部纏上布巾，兩手反綁吊起，披散頭髮，關上電燈，在房間裡朝北而坐。然後自己也全身赤裸，左手點燭，右手執鏡，站在小敏面前，口中念起神祕的咒文。用鏡子不斷的戳刺小敏，專心一意的祈禱——一般的女子光是遇到此景，恐怕早已昏厥過去。漸漸她念咒的聲音越來越高亢，那婆子立起鏡子逐步逼近，不斷厲聲喝斥，直到雙手無法動彈的小敏，被那鏡子壓制，仰面倒在草蓆上為止。而且，在她倒地之後，那婆子就像啃食屍肉的爬蟲類一般爬過來，趴在小敏的胸口上，強迫她在燭火下仰頭盯著恐怖的鏡面。過沒多久，那個婆娑羅神如同古沼底升起的瘴氣般，無聲的在黑暗中潛行而來，悄悄附在女體上。小敏漸漸雙眼發直，手腳不住痙攣抖動，配合著那婆子又急又快的連番質問，小敏不停的說出回答。所以，那天晚上，阿島婆又按照這個順序準備降神的時候，小敏打算遵守與阿泰的約定，表面裝出神智不清的樣子，內心收攝心神，只要有機會就假傳神諭，煞有介事的要婆子不要妨礙兩人的戀情。當然，到時那婆子追根究底的逼問時，就假裝難以揣度天意，全然不作回答。但是，當那燭光一照，讓她凝視那燦爛輝映的小小鏡面時，即便她再怎麼堅定意志，心緒還是自然的恍惚不明，開始陷入忘我的危險威脅中。話雖如此，那婆子念頌咒文時也絲毫不含糊，目不轉睛的打量她的神色，所以，她也無法趁隙轉開眼睛不看鏡面。後來，那鏡子彷彿吸入小敏神線般，放出詭異的光，一寸一寸的向她逼近，比命運還要讓人心驚膽跳。再加上那個浮腫發青的老太婆不絕於耳的念咒聲，就如同無形的蜘蛛網般，從四面八方纏住小敏的心，將她拖進虛實難辨的境地。不知道過了多久，小敏自己事後努力回想，卻一點朦朧的記憶都不剩。總之，經過了很久很久，彷彿過了一整夜，小敏的苦心還是付諸東流，陷入那婆子法術的陷阱中吧。在昏暗的燭火閃爍中，大大小小各種黑蝶劃著無數的圜，嘩的往屋頂飛去。眼前的鏡子消失不見，她一如過去，如同死去般沉沉睡著。

在雷鳴與雨聲中，小敏娓娓說完了整個經過，她的雙眼和嘴唇都漲滿了竭盡所能的色澤。從剛才一直凝神傾聽的阿泰和新藏，此時不約而同的吐出一口氣，互相交換了視線。雖然早已知道計畫失敗，但是仔細聽了前後經過，才深深感受到化為泡影的絕望威力有多巨大。兩人像是啞了一般靜默良久，茫然的聽著鋪天蓋地而來的豪雨聲。不一會兒，阿泰重新振作起精神，對著激動過後又漸漸消沉陰鬱的小敏鼓勵問道：「在那其間發生的事，你一件事都不記得嗎？」小敏低垂著眼睛回答：「是啊，全都不記得。」但立刻又抬起哀怨的眼神惶恐的看著阿泰，「好不容易恢復意識，天都亮了。」含怨的補充完，突然把衣角摀住臉，低聲啜泣起來。這段時間，棚外的天氣不只未見好轉，雷聲仍在頭上響徹天際，彷彿就要打下來一般，每次雷一響，令眼瞳爲之燒灼的電光頻頻閃動到草棚之下。至今一直不聲不響的新藏，冷不防突然站起來，臉色大變的想要衝進狂瀉的暴雨閃電中。而且，他的手上不知何時提著一把石匠忘了帶走的鑿子。阿泰見狀，一把拋開蛇目傘，猛地從後面追上，環抱箍住新藏的肩。「喂，你瘋了嗎？」——阿泰不自覺大聲怒吼，使勁想把新藏拉回來。但新藏宛如變了個人，淒厲的大喊：「放開我。到了這個地步，不是我死，就是我把那婆子殺了！」「你別做傻事。別忘了，今天不是正好遇上鍵惣？待會兒我去找他——」「鍵惣是什麼人？他想把小敏收爲小妾啊，怎麼可能聽從你的請求？你倒是放開我啊。看在朋友的份上，把我放開。」「你忘了小敏的處境嗎？你若是如此魯莽行事，以後她怎麼辦？」——兩人推擠當中，新藏感受到兩隻溫柔的手臂，雖然顫抖卻用力的環住他的頸脖，又看到一雙泛著淚水的清亮眼神，充滿了無限悲哀的光，堅定的凝視著他的臉。最後，他聽見一個幾乎聽不見的微弱聲音夾雜在大雨中，喃喃說道：「讓我隨您一起死了吧。」就在同一時間，宛如天崩地裂般的霹靂巨響，與紫色的火花在眼前散開，大概是落雷擊中了附近的地面吧。新藏與情人、好友相擁著失去了意識。

接著經過了好幾天，新藏終於從昏睡狀態中清醒，宛如做了個漫長的惡夢。自己靜靜的躺在日本橋家裡的二樓，頭頂敷著冰袋，枕邊有藥罐和溫度計，還有一盆小小的牽牛花。它正開著可愛的深藍色花朵，所以大概還是早晨吧。大雨、雷鳴、阿島婆、小敏——新藏模糊的回想著那些記憶，忽地轉頭一看，卻沒想到在竹簾那邊，坐著髮鬢凌亂、臉色蒼白，顯得十分憂慮的小敏。不對，她豈止是坐著，一發現新藏清醒過來，她的臉上立刻微微泛紅，恭謹的問候：「少東家，您醒來了嗎。」「小敏，」新藏以為自己還在作夢，輕聲呼喊情人的名字。這時枕邊又意外的聽到阿泰的聲音：「好了，這下可放心了——哦，躺著別動、躺著別動。你得安靜休養才行。」「我在你身邊，你母親也來了，醫生剛剛才走。」——簡單問答中，新藏的眼光從小敏身上收回來，眼神飄緲的怔怔看著另一側。阿泰與母親如釋重負的互看一眼，坐到枕邊附近。不過，好不容易神智清醒的新藏，還是不明白在那場大雷雨後，自己怎麼會回到日本橋的家，所以看著三人的臉發怔了好一會兒。後來，母親慈祥的看著新藏的臉，安慰他說：「一切都平安無事，你只要好好休養，早一點恢復健康才行。」阿泰站在母親後面，比平日更快活的補充：「放心，你們兩人的眞情感動了上天，阿島婆在與鍵惣說話時，被雷給劈死了。」新藏聽到這則意外的好消息，一時悲喜交加，難以名狀，不可思議的感動激盪著他的心，竟不覺淚流滿面，緊閉雙眼。在旁照顧的三人大概以爲他又昏厥過去，四周響起了慌亂吵嚷的聲音，所以新藏又睜開眼睛。剛剛起身的阿泰故意誇張的咂了一聲，「眞是的，被你嚇死了——放心吧。剛剛哭完的烏鴉，這會兒又笑了。」邊說邊轉頭看看兩位女眷。其實，一想到那個邪惡的老太婆已不存在這個世界上，新藏感覺唇邊自然而然浮起了微笑。浸淫在這幸福的微笑一會兒之後，新藏把眼光瞥向阿泰，問他：「鍵惚呢？」阿泰笑嘻嘻的說：「鍵惚啊，鍵惚只是暈過去而已。」但不知為何，他稍微躊躇了一下，似又改變了心意說，「昨天我去探望他，聽那個人親口說了。小敏讓神靈附體時，一再的對那老婆子下令，若是阻礙你們兩人的戀情，她的性命不保。但是那婆子以為是小敏的詭計，所以，第二天鍵惚去的時候，她怒氣沖沖的說，即使要殺人，她也要拆散你們兩人。這麼看來，我的計畫的確是失敗了，但是實際上計畫卻如實發生了不是嗎？阿島婆以為那是騙局，沒想到卻自取滅亡。實在是人算不如天算啊。這麼看來，很難論斷那位婆娑羅神到底是善是惡。」阿泰不解的說。聽了這段話，新藏對於玩弄自己於股掌間的幽冥怪力，更加感到驚奇不已，驀然想問自己從那雷雨之日以後發生了什麼事，便說：「那我呢？」這次小敏代替阿泰，娓娓回答：「我們從石河岸立刻叫了車，把您送到附近的醫院。可能是淋了大雨，你發了一場高燒，傍晚回到這裡，也一直未能醒來。」阿泰一聽，十分滿意的向前挪了挪，說：「全靠你母親和小敏的照顧，你的高燒才退下來。這三天你囈語連連，別說是小敏，連你母親都衣不解帶的照顧你。至於阿島婆那兒，法事葬禮等大小事，我全攬下來了。這些事也都有你母親幫忙照料。」

「母親，謝謝。」「說什麼謝呢，與其謝我，你應該好好謝謝阿泰呢。」——說到這兒，母子和小敏、阿泰都泛起了淚光。然而阿泰畢竟是男子，立刻精神抖擻的說：「忙了半天也快三點了呢。那我先告辭了。」正要起身，新藏狐疑的皺起眉，沒頭沒腦的問：「三點？現在不是早上嗎？」阿泰呆了半晌說：「你開什麼玩笑啊。」邊說還把腰帶間的掛錶解下來，打開蓋子給他看。驀然見到新藏的眼神落在枕畔的牽牛花，立刻露出爽朗的微笑，告訴他：「這盆牽牛花，是小敏在那婆子家時精心照料的植栽。那朵深藍色花從下雨的那天，奇蹟似的一直開到現在。小敏說，只要這花還開著，你一定會醒來的。她自己如此堅信，也一再的告訴我們。精誠所至，金石為開，你真的醒過來了。怪事這麼多，就屬這件最是溫暖人心。」

——〈妖婆〉，最初發表雜誌《中央公論》，一九一九年九月號至十月號

南京的基督

一

某個秋日的深夜，南京奇望街的某間屋裡，一位臉色蒼白的中國少女，在一張舊桌前托著腮，無聊的嗑著盤裡的瓜子。

放在桌上的油燈放出昏暗的光，那燈光並沒有將整個房間變得更明亮，反而更增添了陰暗的效果。壁紙剝落的房間一角，毛毯擠出來的籐床上，垂掛著灰塵滿布的帷帳，此外，桌子的另一側，宛如被遺忘般放著一張舊椅子。除此之外，整個房間裡找不到任何一件裝飾性的家具。

少女並不在意，她不時停下嗑瓜子，抬起清亮的眼睛望著桌子對面的牆壁。一看才知那面牆上有根勾釘，愼重的懸掛著一個小小的黃銅十字架。十字架上樸拙的受難基督高高的張開雙臂，浮雕已然磨損，輪廓看起來模糊如影。少女的眼睛每次看向這尊耶穌，長長睫毛下的淒涼眼神刹時無影無蹤，相反的臉上又重新洋溢起天眞的希望之光。然而，當她把視線移開時，一定會嘆一口氣，無意識的落在暗淡的黑緞上衣肩頭，再次撿起盤子裡一粒粒瓜子來嗑。

少女名叫宋金花，爲了幫助貧困的家計，她每夜在這間屋子裡接客，年僅十五歲便成了私娼。秦淮河畔的眾多私娼當中，金花的容貌並不算太出色，不過，這地方還有沒有像金花這般性情溫婉的女子，倒是令人懷疑。她與同行的娼妓不同之處在於，她既不說謊，也不耍脾氣，每天晚上總是露出愉快的微笑，陪著造訪這個陰暗房間的各種客人取樂。而且，當他們付的錢難得多於定價時，她就會開心的讓相依爲命的父親，多喝幾杯好酒。

金花的這種品行，自然源自於她與生俱來的性格，但是，如果還有其他什麼因素的話，從牆上的十字架就可看出，那就是金花自小便篤信著過世母親教給她的羅馬天主教的信仰。

——這麼說來，有位年輕的日本旅行家，今年春天到上海看賽馬之餘，到處探訪華南的風光時，在金花的房間度過了奇異的一夜。那時，他正叼著卷煙，將瘦小的金花輕輕的抱在穿著西服的膝上，突然瞥見牆上的十字架，一臉納悶的說：

「你是天主教徒嗎？」他用生硬的中國話問。

「是呀，我五歲的時候受了洗。」

「你是天主教徒卻還做這種營生？」

他的聲音在這一刻夾帶著諷刺的口吻。但是，金花把梳著髮髻的頭靠在他的臂彎，一如平時露出看得見犬齒的開朗笑容。

「如果不做這個營生，我和我爹都會餓死。」

「你爹年紀大嗎？」

「是呀——腰都直不起來了。」

「但是——，但是你做這一行不怕進不了天堂嗎？」

「不怕。」

金花注視著十字架，露出深沉的眼神。

「我想，天堂裡的基督一定了解我的心——若非如此，基督和姚家巷警察署的官人就沒什麼不同了。」

年輕的日本旅行家微微一笑，他從上衣的暗袋裡拿出一對翡翠耳環，親手爲她戴在耳上。

「這對耳環是我剛才買來要帶回日本的禮物，送給你作爲今晚的紀念吧。」

金花從接客的第一晚開始，始終對這份信念問心無愧。

但是從大約一個月前開始，這位虔誠的私娼不幸的得了惡性梅毒。同行的陳山茶聽到此訊，便教她喝鴉片酒來止痛。後來另一位同行毛迎春，特地把自己用剩的汞藍丸和迦路米帶來給她。但是，金花的病不知怎麼回事，即使不接客在家休養，病情仍然一直無法好轉。

有一天，陳山茶到金花的房間來玩時，煞有介事的告訴她一種迷信療法。

「你的病是客人轉移到你身上的，所以你快把它轉移到別人身上吧。只要這麼做，兩三天內一定就能好轉的。」

金花仍舊托著腮，臉上還是愁眉不展。可是，山茶的話多少激起了她的好奇心。

「眞的嗎？」她輕聲問道。

「嗯，是眞的。我姊姊也像你一樣，病情一直治不好。但是把它移轉到客人身上後，馬上就痊癒了。」

「那客人後來怎麼樣？」

「客人也可憐啊，聽說他後來連眼睛都瞎了。」

山茶離開之後，金花獨自跪在牆上的十字架前，仰望著受難的基督，殷切的禱告說：

「天上的基督，爲了奉養照顧我爹，做了這個下賤的營生，但是，我的營生除了玷污我一個人之外，並沒有給任何人添麻煩。所以，我想即使我這麼死了，一定也能上天堂。但是，現在如果我不把這病移轉給客人，就不能再像從前那樣工作了。這麼看來，即使我餓死——雖然這麼做，我的病就會康復——我必須小心，不要與客人同床共寢。否則，我爲了自己的幸福，卻讓一個無怨無仇的人生病。但是，再怎麼說，我也是個女人，總是有經不起誘惑的時候。天上的基督，請您保佑我，因爲我除了您之外，再沒有別的依靠了。」

下定決心的宋金花，即使後來山茶和迎春幫她拉到客人，也堅定的拒絕。有時過去的熟客也會到她的房間來找她，但是除了一起吸菸之外，客人的要求她堅決不從。

「我身上得了可怕的病，您若是靠近我，就會傳染到您身上。」

但是，客人喝醉耍賴，想要對她霸王硬上弓時，金花總是這麼告訴客人，甚至不忌諱的展示她生病的證據。所以，客人漸漸不來光顧她的房間了，而同時，她的家計也一天比一天吃力。

今晚，她也倚在這張桌旁，呆坐了良久。然而，她的房間還是一個上門的客人都沒有。只有不知哪兒的蟋蟀叫聲，在三更半夜直入她的耳裡。不只如此，由於房裡沒升火，寒意從鋪在地上的石磚，如水一般侵襲她灰緞鞋和鞋中小巧的腳。

金花從剛才便出神的望著昏暗的油燈，不久她打了個哆嗦，抓抓戴了翡翠耳環的耳朵，忍住了一個小呵欠。就在這時，漆了油漆的門猛地打開，一個陌生的外國人搖搖晃晃的走了進來。大概他的動靜太大了，桌上的油燈火焰猛地燃起，異樣赤紅的昏黃光線，在窄小的房間中膨脹起來。客人完全籠罩在光線中，一度似要撲向桌子，但是又立刻站起，接著又往後倒去。最後整個背靠在剛才闔上的油漆門上。

金花忍不住站起來，驚訝的注視著這個陌生外國人的一舉一動。客人年約三十五六歲吧，穿著直條紋的褐色西裝，戴著同樣布料的鴨舌帽。是個大眼、絡腮鬍、臉頰曬黑的男人，唯一搞不懂的，就是雖然他確定是個外國人，但怪的是難以分辨他究竟是東方人或西方人。他的黑髮從帽簷下擠出來，叼了根熄火的菸斗，擋在門口的模樣，怎麼看都像是爛醉的路人走錯了地方。

「您有什麼事？」

金花心頭稍稍升起一陣恐懼，不過她還是站在桌前，近乎質問的說道。但是對方搖搖頭，做了個聽不懂中國話的手勢，然後取下斜叼的菸斗，說了一句意義不明的流利外語。這次，金花也只能搖搖頭，任耳環的翡翠在桌上的油燈映照下閃爍。

客人看到她手足無措，皺起修長的眉毛，突然縱聲大笑起來。他隨手脫下鴨舌帽蹣跚的往她走來，然後走到桌子對面，腿一軟便坐在椅子上。金花雖然不記得在何時何地見過這個外國人的臉，但確實有種熟悉的親切感。客人不客氣的抓起盤裡的瓜子，不過卻沒嗑，只是目不轉睛的看著金花。不久他又比了個奇怪的手勢，一面說著流利的外國語。她雖然聽不懂意思，但是隱約推測得出，這個外國人對她的營生多少有些了解。

與不懂中國語的外國人共渡良宵，對金花來說並不是什麼新鮮事。所以，她坐在椅子上，露出幾乎已成習慣的應酬笑容。說起對方完全聽不懂的笑話。不過，客人還接了兩三句話，與高采烈的大笑起來，一面比出較剛才更目不暇給的手勢，令人懷疑他是不是聽得懂。

客人的酒氣很重，但是，他那舒暢而泛紅的臉龐，洋溢著男性的活力，讓這個蕭索的房間空氣變得明亮起來。至少對金花來說，不要說是平日見慣了的南京本國人，甚至比她至今見過的東西方外國人更加儀表堂堂。儘管如此，剛才也說過她覺得這張臉有些面熟，無論如何都拂拭不去這種印象。金花看著客人垂掛在額頭上的黑色捲髮，輕鬆的殷勤侍候時，也拚命的搜尋第一次見到這個面孔的記憶。

「是上次和胖太太一起去乘畫舫的時候嗎。不對不對，那個人的髮色更紅。那麼，也許是在秦淮夫子廟那兒照相的人。但是，那個人的年紀好像比這位客人大點。對了對了，有一次在利涉橋旁的飯館前，一群人聚著圍觀，一個貌似這位客人的人正朝著人力車夫的背揮打粗籐條，說不定——可是那個人的眼珠好像更藍些。……」

金花反覆思索的時候，仍舊顯得十分愉快的外國人，不知何時在菸斗裡塞進菸草，吐出氣味芳香的煙。他冷不防說了一句什麼，這次咧開嘴溫和的笑笑，在金花的眼前舉起兩隻手指頭，作出？意思的動作。當然，任何人都看得出，兩隻手指表示兩美元的金額。不讓客人留宿的金花伶俐嗑著瓜子，笑著搖了兩次頭作爲拒絕的意思。客人旁若無人的兩肘靠在桌上，在昏黃的油燈光下，把醉臉伸得老長，眼睛眨也不眨的望著金花。不久，他比出三指，等著她回答。

金花嘴裡含著瓜子，稍微挪動椅子，一臉不知所措。客人似乎以爲，她不願意接受以兩美金賣身的交易。但是與他語言不通，她實在無法把細節說得讓他明白。因此，金花現在更加後悔自己的輕率，把清澈的視線轉開，更加堅定的再次搖頭。

但是，那個外國人露出輕笑，略顯猶豫之後，又伸出四根手指，說了幾句外國話。一籌莫展的金花托著臉，連微笑的力氣都沒有了。這時她下定決心，既然都到這個地步了，她索性搖頭搖到底，等對方自己放棄吧。可是才這麼尋思時，客人的手張開了五指，像是在捕捉什麼看不見的東西。

接著，兩人開始比手劃腳的問答了好一陣子。這段時間，客人很有耐性的一指一指的增加，最後竟然展現出不惜出十美金也願意的氣魄。但是，即使十美金對私娼是筆莫大的酬金，金花依然不動如山。她從剛才便離開椅子，斜站在桌前。當對方對她出示兩手的手指時，她氣惱的跺了跺腳，不斷的搖頭。就在這時，不知什麼回事，掛在彎釘上的十字架脫落，發出微微的金屬聲，掉在腳邊的石板上。

她慌忙的伸出手，把珍貴的十字架撿起來，此時不經意的看了一眼十字架上受難基督的臉，奇妙的是祂與桌對面的外國人長相如出一轍。

「難怪總覺得在哪兒見過，原來是基督的臉呀。」

金花把黃銅十字架抵在黑緞上衣的胸前，不自覺向桌對面的客人投以驚訝的眼光。客人醺醉的臉被油燈的光照得火紅，還是一樣不時吐著菸斗的煙，一面露出意味深長的微笑。而且他的眼神不斷的遊移在她的身上——恐怕是白皙的頸項到戴著翡翠耳環的耳垂附近。但是，即使客人這樣的德性，在金花看來仍然充滿了溫柔的威嚴。

不久，客人放下菸斗，刻意微傾著頭，帶著笑聲說了些話。在金花的心中，那就像是高明的催眠師在被催眠者耳邊的低語，起了暗示的作用，剛才堅定的決心好像全都被拋到九霄雲外，她輕輕淺笑，低垂雙眼，一手撥弄著黃銅十字架，羞怯的走到這個古怪的外國人身邊。

客人在褲袋裡掏摸，把銀錢耍得嘩啦啦的響。依然帶著笑意的眼中，滿意的端詳著金花的站姿。那眼中的笑意突然轉變成熾熱的光芒。驀地從椅子上跳起來，帶著酒味的西裝袖子一把將金花抱在懷裡。金花宛如失神一般，戴著翡翠耳環的頭癱軟的往後仰，但是蒼白的臉頰隱隱透出鮮紅的血色，近乎恍惚的眼神凝視著他近在眼前的臉。要任由這個神奇的外國人擺布她的身體？還是拒絕他的吻，以免將病轉移給他？她已無暇去思索這些問題。金花任由客人滿是鬍鬚的嘴親吻著自己的嘴，只知道這如同燃燒般的戀愛歡愉，第一次體會的戀愛歡愉，令她爲之心蕩神迷。

二

幾小時後，油燈熄滅的房間裡，微弱的蟋蟀聲爲床上兩人的鼻息增添了清寂的秋意。但是，金花的夢如同清煙一般，從塵埃滿布的床帷，高高的升到屋頂上的星月夜空。

——金花坐在紫檀椅上，向擺滿桌上的各式菜肴伸出筷子。有燕窩、魚刺、蒸蛋、燻鯉、紅燒肉、海參羹——菜色多得數不完，而且盛菜的餐具精緻豪華，不論碗盤都畫滿了青蓮花與金鳳凰。

她的椅子後方有扇垂掛著絳紗帷幕的窗子。窗外也許有條河，寧靜的水聲與划槳聲不絕於耳。這是她自小熟悉的秦淮景致。但是，她現在所在之處一定是基督位在天堂的家。

金花不時停下筷子，張望著桌子周圍。但是偌大的房間裡，除了菜肴熱氣中隱約出現的雕龍石柱、碗大的菊花植栽外，一個人影也見不到。

儘管如此，只要一盤菜吃完，立刻就會有新的菜肴散發著暖熱的香氣，從別處端到她面前來。她正想時，還沒動筷子，一隻烤好的全雞突然拍動翅膀，弄倒了紹興酒瓶，啪答啪答的飛到房間的屋頂上。

這時，金花察覺有個人無聲的來到她的椅子後面，因此她拿著筷子，輕輕往後瞧。

不知爲何，那兒並沒有窗子，但是鋪著錦緞坐墊的紫檀椅上，坐著一個悠閒的外國人，嘴上叼著黃銅的水菸管。

金花一見到那男人，就認出他是今晚在自己房間留宿的人。不過，只有一點不同，在他頭頂一尺的上方，懸著一道弦月般的光環。此時，金花的眼前，突然又端來熱騰騰的美味大盤，彷彿是從桌面湧出來一般。她立刻舉起筷子，想夾取盤中的美味，突然又想起身後的外國人，便轉過頭客氣的問：

「你不過來坐嗎？」

「不，你自己吃吧。吃了這些菜，你的病今晚就會好的。」

頭頂聖光的外國人，還是叼著水菸管，露出無限慈愛的微笑。

「那麼，你不吃飯嗎？」

「我嗎？我不喜歡中國菜。你還不懂我嗎？耶穌基督從來沒有吃過中國菜呀。」

南京的基督如此說完，緩緩的離開紫檀椅子，從身後在發楞的金花臉上輕輕的一吻。

從天堂的美夢醒來時，秋日黎明的光已在窄小房間裡冷冷的擴散開來。然而垂掛著灰塵滿布的床帷，如同小船的床中，還留著微微溫熱模糊的暗影。金花的臉半仰著，浮在淡淡的暗影中，圓圓的下巴藏在分不清顏色的舊毛毯裡，還沒睜開惺忪睡眼。但是，油膩的頭髮也許因爲昨夜的汗水，凌亂的黏在缺乏血色的臉頰上。微微張開的嘴唇間看得見糯米般的小牙，微微的發出白光。

金花即使是現在醒來之後，菊花、水聲、烤全雞、耶穌基督和其他許多夢中的記憶，都還迷迷糊糊的在心頭盤旋。然而，當床上漸漸明亮之後，現實旁若無人的踩碎了她舒適美妙的夢境，而昨夜與那神奇的外國人一起登上這張籐床的事，也都清楚的走進了意識裡。

「如果病傳染給那個人的話——」

金花這麼一想，心情驀地暗淡下來，今天早上難以容忍再見他，但是一旦醒來，想到永遠見不到他那曬黑的臉時，更讓她難以忍受。於是猶豫了片刻後，她怯生生的睜開眼睛，張望著現在已經十分明亮的床鋪，但是意外的是，除了蓋著毛毯的她之外，那個酷似十字架耶穌的他，當然已經不見人影。

「那麼，難道他也是夢嗎。」

翻開髒污的毛毯，金花從床鋪上坐起來，兩手揉揉眼睛，掀開沉甸甸的床帷，將尚仍乾澀的視線投向房內。

冰冷的清晨空氣近乎殘酷的刻劃出所有物品的輪廓，陳舊的桌子、熄滅的油燈、還有一張倒在地上，一張對著牆壁的椅子。——一切一如昨夜。豈止於此，桌面散落的瓜子當中，那個小小的黃銅十字架正散發著渾濁的光。金花眨眨眩光的眼，茫然的環視周遭，仍舊冷颼颼的側坐在凌亂的床鋪上。

「果然不是夢。」

金光咕噥著，回想起那個外國人各種費解的行徑。當然不用想也知道，他也許是趁她睡著的時候，偷偷的離開房間回去了。但是昨晚與她繾綣纏綿的他，一句道別也沒說就這麼走了，她不是不敢相信，而是不願相信。而且，她也忘了那個古怪的外國人還沒有給她約定的十元美金。

「難道他眞的回去了。」

她心情沉重的將脫在毛毯上的黑緞上衣披上肩時，突然她住了手，血色漸漸在她臉上暈染開來。那是因爲她聽到漆門外傳來那個古怪外國人的足音嗎？還是他留在枕頭與毛毯的酒味，湊巧喚起了昨夜害羞的記憶呢？不，這一瞬間，金花注意到的是發生在她身上的奇蹟，那惡性梅毒竟在一夜之間痊癒了，消失得無跡可尋。

「那麼，那個人眞的是耶穌基督。」

她不覺連外衣都來不及穿，便連滾帶爬的下了床，跪在冰冷的石地板上，如美麗的抹大拉馬利亞與復活的主說話般，熱切的禱告起來……

三

第二年春天的一個晚上，那個年輕的日本旅行家再次來到宋金花的房間，與她隔著桌子，坐在昏黃的油燈下。

「你還掛著十字架呀？」

那天晚上他不知怎地，帶著嘲諷這麼說道。金花忽然一本正經說起某夜降臨南京的基督，如何治好她病痛的神蹟。

聽著這個故事，年輕的日本旅行家心裡默默的思索。——

「我認識那個外國人，他是日本與美國的混血兒。他告訴我他的名字叫George Murry。那個人得意洋洋的對我認識的路透電報局通信員說，他買了一個信奉基督教的南京私娼，趁她熟睡的時候，偷偷的溜走。我上次來時，正好與那個人住在同一家上海的旅館，所以到現在都還記得他的長相。他雖然自稱英文報社的記者，儀表非凡，卻是個品性卑劣的人。他後來因爲得了惡性梅毒，終至神智瘋狂，說不定就是被這個女子所傳染的。但是，這個女子直到現在，仍把那個蠻橫的混血兒當成耶穌基督。我究竟是應該點醒這個女子，還是瞞著她，讓她永遠沉浸在古老西洋傳說的夢境中呢？……」

金花說完話時，他才如夢初醒般點了根火柴，噴了一口味道芳香的卷菸。然後故意裝出興趣的勉強問了這個問題。

「是嗎，那眞是太奇妙了。不過——不過你後來沒有再復發嗎？」

「對，沒有。」

金花嗑著瓜子，臉上爽朗的閃耀著光輝，毫不遲疑的回答道。

本篇起草之時，向谷崎潤一郎先生著作〈秦淮之夜〉[1]多有參酌，最後在此表達感謝之意。

——〈南京的基督〉，初刊於雜誌《中央公論》，一九二〇年七月號

1〈秦淮之夜〉為古崎潤一郎的短篇小說，發表於一九一九年二月。

竹林中

檢察官訊問樵夫得到的說法

是的。發現那具屍體的人就是我。今天早上，我照常到後山去砍杉樹，那具屍體就躺在背陽面的竹林裡。您問那個地方在哪兒嗎？那是離山科的驛道約四、五町[1]遠，竹林裡交雜著瘦長杉樹的冷清地方。

那屍體身穿淡藍色的便服，頭戴京裡流行的皺烏帽，仰面躺在地上，他身上雖然只有一刀的傷，但是刺入了胸口，所以屍體附近的竹葉都滲染成暗紅色。沒有，血已經沒

1町：一町約一百零九公尺。

再流了。傷口大概已經乾了。更何況，有一隻馬蠅正停在傷口上啜食，彷彿聽不到我的腳步聲。

沒有看到刀或其他武器嗎？沒有，什麼都沒瞧見。只有一條繩子掉在一旁的杉樹根附近。此外——對了對了，除了繩子還有一把梳子。屍體旁就只有這兩件東西。另外，草和竹葉全都被踩踏得亂七八糟，所以一定是那個男人被殺之前，遭到激烈的攻擊。什麼？有沒有馬？騎馬進不了那個地方，畢竟它和馬走的路，隔著一個竹林。

檢察官訊問行腳僧得到的說法

我昨天的確遇見過那個死亡的男子。昨天的——應該是中午吧。地點在關山往山科的路上。那個男子與騎著馬的女子一起朝關山的方向走去。女子垂下帽帳，所以我看不到她的臉，只看到她身上的衣服是淡紫色。馬是淡黃色——我記得是鬃毛剃短的馬。你問高度嗎？有四尺四寸高吧？——在下只是個出家人，對那種事不太清楚。男子——，不，他有帶刀，也帶了弓箭。尤其是黑漆的箭袋裡插著二十幾支箭，我到現在還記得很清楚。

我作夢也想不到他會遭遇如此橫禍。人的性命眞如朝露亦如閃電，哎呀，我眞不知該說什麼好，實在是太可憐了。

檢察官訊問捕快得到的說法

您問我抓到的那個人嗎？他是個有名的賊人，確實叫做多襄丸。我抓到他的時候，大概剛從馬上掉下來吧，躺在粟田口的石橋上，不斷的呻吟。時間嗎？時間是昨晚初更[2]的時候。以前我差點抓到他的時候，他也是穿著這身藏青色長衫，佩帶著雕金的大刀，

2 初更：晚上七或八點開始的兩小時。

只不過今天除了那把刀之外，如您所見，他還帶著弓箭之類的東西。哦，是嗎？那個死掉的男人也帶著這些——這麼說，動手殺人的肯定是這個多襄丸。包著皮革的弓，黑漆的箭筒、十七支鷹羽箭——，這些全是那個男人的東西吧？是的，如您所說，馬是短鬃毛的黃膘馬。一定是什麼因果報應才從那畜生背上摔下來。那馬過了石橋，拖著長長的馬韁，正吃著路邊的青芒草。

這個叫多襄丸的傢伙，是洛中一帶的賊人當中最好女色的一個。去年，有一名到秋鳥部寺拜拜的婦人與女童，在供奉賓頭盧像[3]的後山被殺一案，就是這傢伙幹的好事。如果是這傢伙殺了那男人的話，那個騎黃膘馬的婦人就不知去向了。恕小的僭越，您可要好好審問他。

檢察官訊問老嫗的筆錄

是的，那屍體是我女兒嫁的男人。但是，他不是京城人，而是若狹國府的侍衛，名字叫做金澤武弘，二十六歲。不，他這個人性情溫和，不可能與別人結下什麼舊怨。您說我女兒嗎？女兒叫眞砂，十九歲。她是個爭強好勝，不遜於男子的女人。除了武弘之外，沒有認識過別的男人，膚色微黑，左邊眼角有顆痣，長得小小的瓜子臉。

武弘昨日與女兒前往若狹，卻遇到了這種事，不知是前輩子造了什麼孽。不過，雖然女婿已死，但我已不想追究，不過女兒不知去向，我實在擔心不已。請大人幫幫忙，在樹林裡找找我女兒的下落，就當是老身這輩子唯一的請求。不管怎麼說，最可恨的是那個叫什麼多襄丸的賊人，不只殺了女婿，連女兒也……（泣不成聲）。

多襄丸的供詞

3 賓頭盧：佛陀十六大阿羅漢弟子之一。

那個男人是我殺的，但是，我沒殺女人。那麼，她到哪裡去了呢？我也不知道。喂，且慢，就算再怎麼拷問我，不知道的事我就是不知道。而且我既然落到你們手上，就沒打算再隱瞞什麼了。

我昨天過了晌午不久，就遇見那對夫妻。那時正好起了一陣風，掀起了帽帳的絲罩，霎時瞥見了那女人的臉。才剛瞥見的一瞬間，便又看不見了。這也是原因之一吧。我覺得那女人長得宛如女菩薩。就在那一瞬間，我下定了決心，就算得把男人殺了，也要把那女人搶到手。

什麼？殺一個男人不像大人們想的，根本沒什麼大不了的。既然要搶那女人，男人就得死。只不過我殺人的時候，用的是腰間的佩刀，你們大人不用刀，而是用權力殺人、用金錢殺人，甚至有時候光是用僞善的話也能殺人，對吧。的確也是，人沒有流血，而且還活得好好的——可是，你們確實把他殺了。從罪孽的深淺來看，我不知道究竟是你們可惡，還是我比較可惡。（諷刺的微笑）

但是如果不用殺那男人，也能搶走女人的話，也並非不可。不，應該說，我當時的心思是決定搶那女人時盡量不殺男人。然而，在那山科的驛道上實在沒法這麼做。所以，我想了個主意，把那對夫妻引到山裡去。

這一點也不費事。我與那對夫妻同行之後，便說，對面的山有座古墳，我把它挖開一看，發現了好多古鏡和大刀。我偷偷的把它埋在山坳的竹林裡，如果有人想買的話，我可以用便宜的價格出讓。男的對我說的話漸漸開始動心，接著——你說呢？欲望這種玩意兒眞可怕不是？接著不到半小時，那對夫妻便與我一同策馬往山路走去。

我來到竹林前時說，寶物就埋在這裡面，快過來看吧。男人利令智昏，自然沒有異議。但是女人說她在原地等著，並不下馬。見那竹林茂密，也難怪她會這麼說。說實話，此舉正中我下懷，所以我們把女子獨自留下，與男人走入竹林裡去。

林子前面全是竹子，不過走了約五十公尺處，稍微有了較開闊的杉樹林，——要了結這趟工作，沒有比這裡更適合的地點了。我把草叢撥開，一面煞有其事的謊稱寶物就埋在杉樹底下。男子見我這麼說，便拚命朝看得到瘦長杉樹的地方跑去。不久竹林變得稀疏，並排著好幾棵杉樹——我一個箭步迎上去，冷不防將對方按倒在地。男子身側佩著刀，也似乎頗爲有力，不過遇到我這攻其不備，他也無計可施。一眨眼間就被我綁在一棵杉樹根上。您說繩子嗎？繩子是咱們盜賊的好幫手，就纏在我腰間，以便隨時好翻牆。當然，爲了讓他出不了聲，我把竹葉塞進他嘴裡，其他就沒什麼麻煩了。

我把男人收拾了之後，接著又回到女人那裡，告訴他男人身體突然不適，叫她快隨我去。不用我說，她當然也中招了。女子脫下帽子，被我拉著手進到竹林深處。但是，她到那兒一看，男人被綁在杉樹根上——女子一見狀，不知何時從懷裡抽出一把小刀。我這輩子還沒見過性格這麼剛烈的女人。如果當時一個閃神，搞不好就被她刺中脾腹。恐怕還不只，雖然我躲過一刀，但是被她一個勁兒左右亂刺，受什麼傷都有可能。不過，畢竟我是多襄丸，隨便幾招就把她的小刀打落，連大刀都沒拔。就算是再好勝的女子，若是不擅武器也只能乖乖就逮。終於如我所願，不用取男人性命，也占有那女子了。

不用取男人性命——，沒錯，而且我本就沒打算殺了那男人。但是，我甩開低頭哭泣的女子，正想逃出竹林的時候，女子突然瘋了似的纏住我的手臂，而且，仔細聽著她斷斷續續的哭喊，才知道她說，你們總得有一個人死，不是我丈夫死，就是你死，讓兩個男人看到我的恥辱，我比死還痛苦。不行，你們倆誰先死了，我就跟著活下來的男人走——她喘息的說著。我那時候才猛然升起了想殺男人的念頭。（陰沉的興奮）

聽我這麼說，你們一定覺得我是個比你們更殘酷的人吧。但是，那是因爲你們沒見到那女人的臉，尤其沒有見到那一瞬間，她眼中燃起的火花。我與那女子眼神相對時，只想娶她爲妻，就算是雷劈死我也甘願。娶她爲妻——我的心裡就只有這麼一個念頭而已。這並不是你們想的那種下流的色欲。如果我對她除了色欲之外，沒有其他念想的話，我大可把她踢到一旁，自己逃走便是。若是如此，我的刀上也就不會沾上那男人的血了。但是，在昏暗的竹林裡，看到那女子臉蛋的剎那，我就明白若不殺了那男人，我就走不了了。

但是就算要殺，我也不想用卑鄙的手法殺他。我把男人身上的繩子解開，要他跟我較量較量（那根繩子落在杉樹根旁忘了丟）。男人滿臉殺氣的抽出了刀——不用我說，也知道這場較量的結果如何吧。我的刀在第二十三回合時貫穿了對方的胸口。第二十三回合——請別忘了這一點。只有這一點，我到現在都覺得佩服。因爲，天下只有他一個人能與我激戰二十回合。（快活的微笑）

在那男人倒下的同時，我放下染了血的刀，轉頭朝女人望去。結果——你猜怎麼？那女人早已不知去向了。我在杉樹林間到處尋找，想知道那女子往哪兒逃。但是，落葉上沒有留下一絲痕跡。我側耳傾聽，也只聽到男人喉頭發出的死前呻吟。

說不定早在我們開始決鬥時，她就已經穿過竹林，逃出去向人求助了。——我一想到這兒，這事關自己的性命，便奪走那人的刀和弓箭，朝著來時的山路出去。但是那女人的馬正安靜的吃著草。後來的事說了也是白費唇舌。只是，我進京城之前已經把刀給賣了。我的口供只有這些。反正我的頭早晚會掛在苦楝樹梢上，求大人判我極刑吧（昂然的態度）。

女子至清水寺的懺悔

——那個穿藏青色外衫的男子將我玩弄之後，盯著被捆住的丈夫嘲弄般的笑了。我的丈夫是多麼不甘心哪，但是不論他怎麼掙扎，捆在身上的的繩子，只會纏得更緊而已。我忍不住半滾半爬的奔到丈夫身旁去，不對，我只是想要奔過去，但是，那男人一眨眼工夫就將我踢倒。就在這時，我發現丈夫的眼中藏著無法形容的光芒。我不知道該怎麼形容——一想起他的眼神，直到現在我都還會全身發抖。丈夫平時不善言詞，但那一剎那，他眼中說盡了所有的心意。但是，他眼中閃過的既不是憤怒，也不是悲哀，——只是鄙視我的冷冷目光。那眼光給我的打擊比被男人踢倒還要重，我忘乎所以的大聲尖叫，漸漸失去了意識。

後來，好不容易轉醒一看，那個藏青外衫的男人已經不知去向。只留下被綁在杉樹根上的丈夫。我勉強從一地的竹葉上坐起，探看丈夫的臉，但是他的眼色與剛才一點也沒變，還是冷冷的鄙夷底下帶著憎惡。一時間，我心中充滿了羞恥、悲痛、氣憤——不知該怎麼形容才好。我搖搖晃晃的站起來，走近丈夫。

「相公，事已至此，我們也無法相守下去，我已決心求死。但是——但是，請你跟我一起死。你看到了我的恥辱，我不能留你活在世上。」

我聲嘶力竭的說出了這些話，但是丈夫依然只是憎惡的盯著我看。我按捺著快要破裂的心，尋找丈夫的大刀。可是竹林裡別說是刀，連弓箭都找不到，大概是被那個賊人搶走了吧。幸好那把小刀落在我的腳邊。我把小刀舉起，再次對丈夫說：

「那麼，就請納命來吧，我也會隨後跟上。」

丈夫聽到此言時，嘴唇終於動了。當然，他的嘴裡塞滿了竹葉，所以聽不見他的聲音。然而我見他的嘴型，立刻就知道他說了什麼。丈夫只輕蔑的說了一句：「殺吧」，我幾乎是在似夢非夢之間，把小刀插進丈夫淡藍色外衫的胸口。

這時，我又昏了過去吧，好不容易醒轉回來時，丈夫依然被捆綁著，但已經氣絕。一線夕日從竹杉樹叢交錯間的天空落下來，照在他蒼白的臉上。我一面抽泣著，一面解開屍體的繩子。然後——，然後我怎麼辦呢？我實在無力再說下去了。總之，我連去死的力氣都消失了。我試過把小刀抵住喉嚨，也在山腳跳入池裡，試了許多方法，但是都沒死，不過這也沒什麼好炫耀的（寂寞的微笑）。也許像我這種沒出息的人，連大慈大悲的觀世音菩薩也不想理會了吧。但是，我殺了丈夫，又遭到賊人蹂躪，到底該如何是好？我到底——我——（突然劇烈的啜泣起來）。

鬼魂藉巫女之口的說詞

——那賊人凌辱了妻子之後，就地坐了下來，花言巧語的安慰妻子。我當然無法言語，身體也被綁在杉樹根上。但是，那段期間，我向妻子使了好幾次眼色，叫她別聽信這男人說的話，他說什麼都是騙人的——我想傳達的是這個意思，但是，妻子只是悄然坐在竹子落葉上，眼睛盯著膝頭。那副模樣豈不是聽信了賊人的話嗎？我嫉妒得不斷扭動身體。但是賊人一步步的施展伶口俐舌，他說身體一旦玷污了，與丈夫還能和好如初嗎？與其跟著那樣的丈夫，不如作我的妻子吧。我就是看上你，才會做出此等無法無天的事——賊人越來越大膽，連這種話都說得出來。

聽賊人這麼一說，妻子抬起出神的臉，我從未看過妻子像此時那麼美。但是，那美麗的妻子在被捆綁的我面前，對賊人說了什麼嗎？即使我一縷幽靈徘徊在陰陽兩界間，但是一想起妻子的回答，還是怒火中燒。我記得沒錯，妻子是這樣說的：「那麼，請你帶我到別的地方去，哪裡都行。」（長長的沉默）

妻子的罪孽不止於此，如果只是這樣，我怎會在黑暗中像現在這樣痛苦不堪。但是，妻子彷彿夢遊一般讓賊人拉著手，走出竹林的時候，突然面無血色，指著杉樹根旁的我說：「請你殺了這個人。只要他活著，我就無法跟你共結連理。」——妻子發瘋似的不停的叫喊著。「請你殺了這個人。」——這句話如同風暴一般，將我倒栽蔥般吹落深邃的幽暗地底。你們可聽過有人說過如此可惡的話嗎？可聽過有人說出如此天殺的話嗎？有人聽過——（突然爆發出嘲笑）聽到這句話時，連賊人都臉色大變。「請你殺了這個人。」——妻子如此吶喊，一面勾住賊人的手臂。賊人目不轉睛的看著妻子，沒有回答殺或不殺。才剛這麼想時，他便一腳將妻子踢倒在落葉上（再次爆出嘲笑）。賊人靜靜的盤住雙臂，打量著我的樣子。「你打算怎麼處置那個女人？殺了她？還是放了她？回答只需點頭就行。殺了她嗎？」——光是這句話，我便願意寬恕那賊人的罪。（再次陷入長長的沉默）

妻子在我遲疑不定時，突然大叫了一聲，便往竹林深處跑去。賊人也隨即向前躍出，但是連衣袖都沒有抓到。我如同置身夢境般看著這一幕。

賊人在妻子逃走後，拿起了大刀和弓箭，割斷了我身上的一處繩索，「接下來該我倒楣了。」——我還記得賊人的身影消失在竹林外時，喃喃自語的說。後來一片寂靜。不對，我聽到了誰的哭聲。我解開繩子側耳靜聽，但是從那聲音聽起來，恐怕是我自己的哭聲吧？（第三次陷入長長的沉默）

我終於從杉樹根坐起筋疲力倦的身體，妻子落下的小刀，在我面前閃爍了一下光芒。我將它撿起，一咬牙刺進自己的胸膛。一股帶腥味的東西湧上我的嘴裡，但一點也不痛苦。只是胸口漸漸冰涼之後，四周變得更加悄靜。啊，爲什麼這麼安靜呢。這背陽的竹林上方，連一聲鳥鳴都聽不見。只有寂寞的日影飄蕩在杉樹和竹梢上。日影它——

也漸漸淡薄——已經看不到杉和竹，我一動也不動的倒在地上，被深深的寂靜所包圍。

那時，有人躡手躡腳的來到我身邊，我想看清他是誰，但是我的周圍不知何時籠罩了一片昏暗。那個人——那個人伸出我看不見的手輕輕拔出胸口的小刀，與此同時，血潮再一次湧出我的口。我就這樣永久的沉入陰界的黑暗中。……

——〈竹林中〉，最初發表於雜誌《新潮》，一九二二年一月號

報恩記

阿媽港甚內的話

在下叫做甚內，姓嘛，——不知道，不過，從很久以前世人都叫我阿媽港甚內。阿媽港甚內——您也聽過這個名字嗎？哎呀，不必那麼驚訝，我就是你知道的那個名震四方的大盜。但是，今夜前來，並非爲了偷盜，請您不用擔心。

聽說，您在日本的神父當中是個德高望重的人，所以，哪怕只是一會兒，可能都不願意與我這個大盜的名字連在一起吧。不過，我很意外的知道，叫這個名字的人並非只有盜賊，過去奉召上聚樂殿[1]的呂宋助左衛門，他的一名手下就叫做甚內。此外，贈送

1 聚樂殿：豐臣秀吉於一五八六年興建的政廳兼宅邸。

利休居士珍愛的水壺「紅頭」的那位連歌師的本名，據說也叫甚內。這麼說來，大村一帶在兩三年前寫過「阿媽港日記」一書的翻譯官，不是也叫甚內嗎？此外，在三條河原的紛爭中，救了商館館長「馬杜那」的行腳僧，堅市妙國寺門前賣南蠻藥品的商人……如果問那些人的名字，一定也是某某甚內。這些都不打緊，更重要的是，去年在您這所「聖·方濟各」寺裡，捐獻黃金舍利塔，收藏聖母「馬利亞」指甲的那位，應該也是一位叫甚內的信徒吧。

但是，很抱歉，今晚實在沒有時間一一細數這些歷史。只是希望您相信，阿媽港甚內與世上一般人沒什麼兩樣。是嗎？那麼，我就盡量簡短的說明我的來意吧。我是來請求您爲那個人的亡魂做「彌撒」的，不，他不是我的親人，話雖如此，我的刀刃上也沒有沾染他的血。名字嗎？名字——這，我不知道把他的名字說出來好不好。我想爲那個人的亡魂——或可稱爲「保羅」的日本人祈求冥福。不行嗎？——原來如此，阿媽港甚內拜託這種事，神父怎可能輕易的接受呢。那麼，總之，我把緣由從頭到尾跟您說一遍吧。但是，您必須保證不得對他人說，不管是活人還是死人都不行。您的胸口掛著十字架，一定會遵守約定吧？——哎，請原諒我的失禮。（微笑）。我這個賊人竟然懷疑神父你，眞是太僭越了。但是，如果不能遵守這個約定（突然正經八百），您即使沒有地獄之火焚身，也會遭到現世報的。

這件事要從兩年多前說起，正好是個冷風呼嘯的夜裡，我扮成行腳僧在京城的市井間遊蕩。我並不是從這一夜才開始在京城四處遊蕩，來到京都已經五天，總是過了初更之後，避開行人悄悄的探察家戶。當然，我不用解釋爲什麼這麼做吧。尤其，那時候我打算到摩利伽[2]一趟，所以需要一點經費。

市街上當然早已空無一人，只有星光閃爍的天空，呼呼的風聲不曾稍有停竭。我沿著幽暗的屋簷下，走下坡到小川通時，突然在一個交叉道的轉角，發現了一棟兩面靠街的大宅。這是京城裡名氣響亮的北條屋彌三右衛門本家。雖然同樣靠著航海營生，北條屋畢竟還是無法與角倉等大戶相提並論，但是，他們有一兩艘船出航暹羅和呂宋，肯定也是富甲一方吧。這宅子並非我的目標，但是難得有機會來到這裡，不由得興起想撈一

2摩利伽：馬來西亞半島的麻六甲。

票的心態。而且，剛才我也說了，天色晚了又起風——這對幹我們這門生意的人來說，簡直就是天時地利的條件。我把斗笠和枴杖藏在路旁防火水桶的後面，立刻翻過了高牆。

您聽聽世人的謠傳，阿媽港甚內使用忍術——誰都這麼說。可是，您該不會像俗人那樣眞的相信這一套吧。我既不會用忍術，更不與魔鬼爲伴。只是，從前在阿媽港的時候，向葡萄牙船的醫師學習過研究事物的學問，把它運用在現實中的話，割斷大鎖或是卸掉沉重的門閂，也就沒什麼困難了（微笑）。前所未見的偷盜方法——就和十字架、槍砲渡海傳來日本這塊化外之地一樣，都是西洋人傳授的玩意兒。

片刻間我已經跳進北條屋的屋內。但是，漆黑的走廊走到底，卻發現深夜時分，有個小房間裡不但有火光，而且還有說話聲。從周遭的陳設來看，應該是茶室。「吃茶配冷風嗎？」我苦笑著，悄悄的朝屋子掩近。其實，那時候發現的人聲，我倒不覺得影響到工作，而是好奇這個處處精心講究的宅院中，這家主人與來客，正在享受什麼樣的風雅情趣。

才剛欺近紙門外，我的耳邊果如所料傳來了鍋爐滾沸的聲音。但是，除了這聲音之外，竟然還有人說話、飲泣的聲音。有人——不用說，一聽就知道是女人。深更半夜，這種大戶人家的茶室竟有女子在哭，一定是出了什麼大事。還好紙門明亮，我屏住氣息從門縫裡窺看茶室裡的情景。

在燈籠光線的照映下，壁龕上掛著古色紙的畫軸，花瓶裡插著霜菊——果然充滿了寂靜的雅趣。坐在壁龕前——正好面對我的老人，大概就是屋主彌三右衛門吧。他穿著細致的唐草外袍，兩手叉在胸前，幾乎完全斜著眼，大概是正在聽鍋裡的滾沸聲吧。彌三右衛門的下位，坐著一名梳著高雅笄髻的老婦。我只能看到她的側臉，頻頻拭淚。

「不管再怎麼富裕，看起來還是有煩惱啊。」——我心裡估摸著，不自覺的露出微笑。我這微笑——並不是對北條屋夫妻倆有什麼惡意，只是像我這種惡名昭彰四十年的人，見到他人——尤其是看似幸福的人的不幸，就會自然的露出微笑（殘酷的表情）。那時候，我看著夫妻倆的哀嘆，就彷彿欣賞一齣歌舞伎般開心（諷刺的微笑）。但是，這是我個人特有的偏好，說到小說故事，大家喜愛的還是悲劇。

彌三右衛門靜默了一會兒後，嘆著氣說：

「都已經到這地步，再哭鬧也挽回不了。我決定明天把店裡的人手都給辭退。」

這時颳來一陣強風，突然吹得茶室晃動起來，大概是掩沒了說話聲吧，聽不見彌三右衛門的夫人說些什麼。不過，屋主點著頭，把兩手交錯在腿上，抬眼望著竹編的天花板。粗眉、尖頰骨，尤其是修長的眼角——的確越看越覺得在哪兒見過。

「主『耶穌基督』，求你賜給我們夫妻力量……」

彌三右衛門閉著眼，開始喃喃念起祈禱文，老婦也和丈夫一起請求天主的護持。這段時間，我目不轉睛的望著彌三右衛門的臉，當寒風再度吹來時，我的心頭閃過了二十年以前的記憶，記憶中清清楚楚的捕捉到彌三右衛門的身影。

說到那段二十年前的記憶——唉，不提也罷，我就簡單的把事實說一下吧。當時我出海到阿媽港，一個日本船長在千鈞一髮之際救了我的性命。當時我們沒有互報姓名就分別了。但現在我看到的彌三右衛門，分明就是當時的船長。我暗自爲這段奇遇驚訝，一面端詳著這老人的臉。這麼一說，從他那威嚴寬厚的肩頭，指節粗大的手掌，都還帶著珊瑚礁的飛沫和白檀山的氣息。

彌三右衛門做完長長的禱告後，平靜的對老婦這麼說：

「接下來不論什麼事，只要聽從天主的旨意就行了。——水也滾了，幫我泡杯茶吧？」

但是老婦勉強忍住剛又湧出的淚，低聲回答：

「好。——然而還是捨不得——」

「好了，別再抱怨了。不論北條丸的沉沒，還是貸出的錢全拿不回來——」

「不是那些事。我只是想至少兒子彌三郎能回來的話……」

我聽到這段話時，再次浮起了微笑，不過，這次並不是爲北條屋的災難幸災樂禍，而是高興的想到「報恩的時機來了」。原來我——通緝犯阿媽港甚內可以好好的回報恩情，這種快樂，除了我之外恐怕沒有人能體會吧。（諷刺）世間的善人眞可憐，他們生平沒做過壞事，但是得做多少善事才會感到快樂呢——那種事我可是不清楚。

「什麼，那個沒人性的傢伙不在身邊，我們倒還安樂些。」

彌三右衛門臉色鐵青的把眼光瞥向燈籠。

「若不是那傢伙把錢花光，也許還能度過這次的危機，一想到這裡，與他斷絕關係……」

彌三右衛門才說到這兒，突然吃驚的看著我。也難怪他如此驚訝，因爲那時我不聲不響的打開了紙門，而且我當時的裝扮，不但扮成了行腳僧，而且雖然脫了斗笠，卻戴著帽兜。

「你是誰？」

彌三右衛門儘管一把年紀，還是立刻站起身子。

「請您別驚慌，在下名叫阿媽港甚內。——哎，請別出聲。阿媽港甚內雖然是個賊人，但是今晚突然造訪，其實另有原因。」

我脫下帽兜，在彌三右衛門面前坐下。

之後的事不用我說，您也推測得出來吧。我以三天爲限，一天也沒耽誤，籌措了六千貫銀子，解救了北條屋的危機，作爲我對他大恩的報答，——咦，門外好像有人走過的聲音，那麼今晚就先告辭了。明天或後天晚上，在下再偷偷上門吧。那個大十字架星的光芒儘管照亮了阿媽港的天空，但是日本的天空卻看不見。在日本我如果不像大十字星那樣隱藏行蹤，就對不起今晚來求「彌撒」的「保羅」的靈魂了。

什麼，你問我從哪兒逃？這種事您不用掛懷。不管是這高聳的天窗，還是那個大暖爐，我都能來去自如。順道一提，爲了恩人「保羅」的靈魂，請您無論如何，不要對他人提起這件事。

北條屋彌三右衛門的話

神父大人，請求您聽我的懺悔。如您所知，最近世上有個聞名一時的盜匪，名叫阿媽港甚內，聽說，住在根來寺高塔上，偷取了殺生關白[3]的大刀，甚至在遙遠的國外，洗

3殺生關白：指豐臣秀吉的姪子秀次，因在天皇駕崩時出外獵鹿，因而被稱為殺生關白。

劫呂宋的太守，全都是那個人所爲。想必您也聽說他終於就逮，最近在一條戾橋畔斬首示眾了。那位阿媽港甚內對我有天大地大的恩情，而且正因爲這個大恩，現在才會遭受有苦難言的悲劇。請您靜靜聽我細說分明，也請您祈求天主，垂憐罪人北條屋彌三右衛門。

大約是距今兩年前的冬天，我的船北條丸遇到連續暴風雨襲擊，沉入海底，貸出的款項也都有去無回。——連番的打擊讓我北條屋一家，不得不走上家破人散一途。如您所知，做買賣的商人只有交易的客戶，從來沒有朋友。到了這種地步，我家的家業，就如同被潮浪捲走的大船，只有倒栽蔥似的落入無盡的地獄。就在這時，某天夜裡——直到今天我也忘不了那一晚的事。那是個寒風呼嘯的晚上，我們兩夫妻待在您也見過的茶屋裡，談話直到深夜。突然有個人走了進來，打扮成行腳僧人，戴著帽兜的他，就是那個阿媽港甚內。我當然驚慌不定，甚至感到憤怒。但是，聽了甚內的話後，才知道他偷偷跳進我家，果然是爲了偷竊，但是，看到茶室裡尙有燈影，又聽見人聲，於是從紙門往內窺看。他說一看才知，我北條屋彌三右衛門，二十年前曾經救了他的性命，是他的救命恩人。大概是這樣的情形。

聽他這麼一說，我便想起來了，大概是二十年前吧，我還是「福斯塔」船的船長，專門航行阿媽港。我正把船繫在碼頭時，救了一個連鬍子都還沒長的日本人。聽他當時說，偶然與人喝酒打架，殺了一個中國人，所以被人追殺。這麼看來，那小子就是今日的阿媽港甚內，成了名氣響亮的大盜了。我知道甚內的話並無虛假，還好一家人也都睡了，便先問問他的來意。

甚至說，只要能力所及，他想解救北條家的危機，以回報二十年前的恩情。他問我當下需要多少銀兩。我忍不住苦笑了一下，向盜賊籌措金錢——這不是可笑之極嗎。如果阿媽港甚內眞有這麼大一筆錢的話，他也不用特地跳進我家裡來行竊了。但是，當我說出金額之後，甚內歪著頭說，今晚要備齊有點困難，如果等他三天的話，就能把錢籌齊，毫不考慮的答應了下來。可是，我需要的銀子高達六千貫，金額龐大，他能不能調得到錢，實在靠不住。因此在我心底已經有了心理準備，這比拜託他去賭錢還不可靠。

甚內當天晚上在我內人幫他煮了一杯茶之後，在冷風中離去。第二天，他承諾的錢沒有送到，第二天也是一樣。第三天——這天下了雪，到了晚上還是一點音訊都沒有。我先前說對甚內的承諾不抱任何希望，但是從既沒有辭掉店裡的伙計，一切順其自然的狀況看來，我還是抱著幾分期待在等待他吧。事實上，第三天晚上，我在茶室裡對著燈籠坐下，每當響起樹枝被積雪壓折的聲音時，就會豎起耳朵聆聽。

不過，就在過了三更時分，茶室外的院子突然聽到有人爭鬥的聲音。心裡閃過一個念頭，當然是甚內。他該不是引來了捕快吧？——我突然冒出這個想法，所以，立刻拉開面朝庭院的門，舉起燈籠查看。茶室前積了深雪的院子，大明竹垂倒的附近，有兩個人扭打在一起——其中一人把飛撲過來的對手推開後，鑽進庭木樹蔭下，突然往圍牆的方向逃走。踩雪的沙沙聲、攀上外牆的聲音——然後一陣靜默，看來他已經順利跳到牆外頭去了。然而被推開的那個人似乎無意追趕，他拍拍身上的雪，靜靜的向我走來。

「是我，阿媽港甚內。」

我吃驚的呆立著，注視著甚內的身影。那一晚甚內也戴著帽兜，身穿袈裟法衣。

「啊，驚擾到您了。還好沒有人被打鬥聲吵醒。」

甚內走入茶室的同時，微微苦笑了一下。

「剛才我翻牆進來，正好有人想鑽進地板下，於是一把將他抓起，正想看看他是什麼人時，就被他逃走了。」

我還像剛才說的，正擔心有人來抓他，所以問他是不是捕快。但是，照甚內所說，別說是捕快了，竟然是小偷。小偷抓小偷——這種奇事前所未聞。這次換我自然的露出苦笑。不過小偷如何都不重要，倒是還沒聽他錢籌措得如何，我的心就無法安泰。甚內還沒開口似乎已經看出我的心事，便慢條斯理的解開腰帶，將一包包錢袋排列在火爐前。

「請放心，六千貫全都張羅好了。——其實昨天已經大都籌到了，但還差二百貫，所以今晚才將它取來。這些錢請您收下。而昨天籌到的錢，我瞞著您夫妻倆，藏在這間茶室的地板下，我猜今晚的小偷大概是聞到了那筆錢的味道才來的吧。」

我恍如作夢般聽著這些話，接受盜賊的施捨，就算是您不說，我也知道並非好事。但是我還半信半疑著是否籌足錢的時候，既無法思考善惡，而且就算現在回頭看，我也沒法斷然拒於門外。而且若不收下這筆錢，不只是我，我們一家人都得流落街頭。這份心情萬望您能多加憐憫。我不知不覺向甚內恭敬的雙手合十，默然的哭起來。……

之後的兩年，再也沒有聽到甚內的消息，而我們一家不用流離失所，過著安樂無恙的日子，全都是甚內的功勞。我總是偷偷的向聖母「馬利亞」祈禱，請祂賜福給那個人。但是您猜怎麼著，這陣子聽來往的主顧們說，阿媽港甚內被捕了，而且梟首已掛在一條戻橋上。我大爲震驚，背著人偷偷掉淚。但是一想到他多行不義必自斃，也無可奈何。不如說，這麼多年他都沒有遭到報應眞是奇蹟。不過，我想至少暗中迴向給他，回報他的恩情。——我是這麼想的，所以今天遣開身旁的人，盡快到一條戻橋去見他的屍首。

到了戻橋頭，那具屍首前已經聚集了許多民眾。記載著罪狀的白木條，看管梟首的下吏——一如平常，但是放在架在三支青竹上的首級——啊，那鮮血淋漓的悽慘人頭，到底是怎麼回事？我在嘈雜吵鬧的人群中，一見到那死白的人頭時，不自覺傻住了。這不是那個人的首級，不是阿媽港甚內的首級。那兩道粗眉、突出的臉頰，眉間的刀傷

——沒有一個地方與甚內相似，但是——一陣劇烈的驚恐擊中了我，突然間，不論是陽光、我周圍的人群、放在竹枝上的首級，全都飄到遙遠的世界去了。那不是甚內的首級，而是我的頭，二十年前的我——解救了甚內性命時的我。「彌三郎！」如果我動動舌頭，也許會這樣叫喊出來。但是，別說是出聲了，我的身體宛如得了瘧疾般，只是一味的打哆嗦。

彌三郎！我只能如虛似幻的注視著兒子的梟首。頭顱微微朝上，從微微張開的眼眶下，一眨也不眨的看著我。這是怎麼回事呢？是不是哪裡搞錯了，把我兒子當成了甚內？但是仔細一想，不可能發生那種錯誤。難道，那個叫阿媽港甚內的人，就是我兒子嗎？來到我家宅院的假僧人，是假借甚內之名的某個人嗎？不對，不可能有這種事。在這廣大的日本國內，在三天期限，一天也未耽誤的籌措到六千貫資金的人，除了甚內還有什麼人？這麼看來——此時我的心中突然浮現出兩年前雪夜裡，與甚內在庭院裡爭鬧的陌生男子。那個人會是誰呢？如果是兒子的話？這麼說來，雖然我只瞥了一眼那個男子的樣貌，但看起來與兒子彌三郎確有幾分相似。但是，這只是我自己一個人的迷惘吧。如果眞是兒子的話——我如夢初醒般，目不轉睛的注視著頭顱，那並未緊閉的發紫嘴唇，微微的留著近乎微笑的表情。

梟首帶著微笑——您若是聽到這種事，也許會哂笑，連我察覺到它的時候，都懷疑自己是不是看錯了。但是，我看了好幾次，那乾裂的嘴唇上確實飄蕩著微笑似的明朗。我盯著那奇妙的微笑許久，不知不覺間自己也浮起了笑容。但是，在笑的同時，眼中也不知不覺滲出了熱淚。

「父親，請原諒我。——」

那微笑無言的這麼說。

「父親，請原諒孩兒的不孝，兩年前的那個雪夜，我偷偷潛進家裡，打算向您謝罪。白天怕被店裡的伙計撞見，無地自容，所以特地等到深夜，打算敲開父親寢室的門去見您。但是，茶室的紙門上還看得到燈影，我怯生生的正想上前，突然間，不知是誰，一聲不響的從背後將我架住。

「父親，後面發生了什麼事，您已經知道了。由於我太意外，才剛看到父親的臉，就把那個人推開，翻過高牆逃走了。但是，在雪光映照下看到那人的打扮，竟然是個行腳僧，所以確定了沒有人追來之後，我又大膽的潛進茶室外，隔著紙門，偷聽你們的談話。

「父親，甚內拯救了北條屋，是我們一家的恩人。我下定決心，若是甚內遇到什麼危難，我就是粉身碎骨也要報這大恩。而且報恩之事，非得我這被趕出家門的流浪漢才做得到。這兩年，我一直在等待報恩的機會，終於，機會來臨了。請您原諒孩兒的不孝，我雖然是個敗家子，但是報得全家的大恩，這是我一點心意。」

回家的路上，我又哭又笑的讚許兒子的英勇作為。您可能不知道，我兒彌三郎也與我一樣認主歸信了，以前就已取了「保羅」的名字。但是——但是，他是個不走運的孩子。唉，不只是兒子，我若是沒有阿媽港甚內搭救破落的家勢，哪有機會在這裡感嘆呢。再怎麼不捨得，也只能壓抑住悲傷了。到底是不至流離失所的好，還是留下兒子一條命好——（突然面露痛苦）求您救救我。我再這麼活下去，也許會恨起大恩人甚內了。……（唏噓長嘆）

「保羅」彌三郎的話

啊，聖母「馬利亞」！天一亮，我就要被斬首了。即使我的腦袋落地，我的靈魂也會化爲小鳥，飛到您的身邊吧。不對，惡貫滿盈的我也許沒有機會拜見天國的莊嚴，恐怕會摔落到地獄的烈火當中。但是，我十分滿足，二十年來我的心從來沒有這麼喜悅過。

我是北條屋彌三郎，但是，我的梟首應該被稱作阿媽港甚內吧。我就是那個阿媽港甚內——世上有這麼開心的事嗎？阿媽港甚內——如何？是個好名字吧。我光是念出這個名字，即使在陰暗的牢獄中，心裡也彷彿開滿了天國的玫瑰和百合。

我忘不了兩年前的冬天，那個下了大雪的夜。我想找點錢當賭本，所以偷偷潛入父親的老宅。但是，茶室的紙門上還有燈影在搖晃，躡手躡腳的過去想偷窺一下。突然間，有人一聲不響的抓住我的衣襟，我把他揮開，又被他抓住——雖然不知道對方是誰，不過看他那副身手，肯定不是泛泛之輩。不只如此，扭打了兩三次中，茶室的紙門開了，提著燈籠照著庭院的不是別人，正是我父親彌三右衛門。我拚命的擋開前襟上的手，逃到高牆外面去。

不過，逃了幾十公尺之後，我躲在屋簷下，張望著街頭前後。即使是黑夜，街上還是不是揚起白花花的雪煙，除此之外什麼動靜都沒有。對方莫非是放棄了？他並沒有追來的跡象。不過，那個人到底是何方神聖？一晃眼間看到的印象，似乎是僧人的打扮。不過，從剛才他臂力之大看來——尤其是精通武術的身手，絕非世間一般和尚。最重要的是，在這個大雪的夜裡，出家人來到院子裡——這不是很奇怪嗎？我思索了片刻，即使再怎麼危險，我也決定再潛進茶室外看看。

然後沒一會兒工夫，正好雪停了，那個可疑的行腳僧人朝著小川通往下走去。他就是阿媽港甚內，武士、連歌師、商人、行腳僧……身分變化多端、鼎鼎有名的洛中盜賊。我在他身後，躲躲藏藏的跟蹤甚內的行動。這輩子從來沒有那麼值得開心的事。阿媽港甚內！阿媽港甚內！我對他多麼的欣賞崇拜啊。偷了殺生關白大刀的是甚內，騙取了暹羅店珊瑚樹的是甚內，甚至砍下備前宰相的沉香、搶走商館長「佩雷拉」的手錶、一夜洗劫五處倉庫、放倒八名參河武士之外——做出其他傳揚後世的稀有壞事的，永遠是阿媽港甚內。那個甚內現在就在我前方，頂著竹編斗笠，踏著發出微光的雪路往前行——光是注視著這個背景，就無比的幸福啊。但是，我盼望能夠再幸福一點。

我來到淨嚴寺後面，拚命的追上甚內。這裡是一整片土牆，沒有商家，即使白天也是最適合避人耳目的地方。甚內見到我，靜靜的停下腳步，神情並未顯得特別驚訝。而且拄著枴杖一言不發的等著我說話。我戰戰兢兢的在甚內面前跪倒在地，但是一看到他泰然自若的臉，竟然連聲音都發不出來。

「請原諒我的失禮，我是北條屋彌三右衛門的兒子，我叫彌三郎。——」

我羞紅了臉，好不容易開了口。

「其實，我有個請求，所以才跟著你的腳步過來……」

甚內只是點點頭，光是這樣就令氣量小的我不知多麼感恩戴德，我也生出了勇氣，即使在雪中，依然兩手扶地，把被父親趕出家門，現在成了流浪漢，和今晚想回父親家偷錢，卻不料遇上甚內，以及聽到父親與甚內的密談，簡短的說出來。然而，甚內依然故我，靜默的噤口不言，冷冷的看著我。我說完這些話，用膝頭前進了幾步，偷偷張望甚內的臉。

「北條家蒙受您的大恩，我也是其中之一。爲了牢記您的恩情，我決定拜在您的門下，供您任意使喚。我會偷竊，也懂得放火。其他偷拐搶騙的壞事，我都不比別人差。——」

可是，甚內不作聲，我的心情激動，越說越起勁。

「求您儘管使喚我，我一定會好好幹活。京城、伏見、堺、大阪——沒有我不熟的地方。我一天能走十五里，一手可舉四斗米。人也殺了兩三個。請您儘管支使。爲了您，我什麼勾當都願意做。您叫我去偷伏見城的白孔雀，我就去給您偷來。您要燒『聖方濟各』寺的鐘樓，我就去放火燒。你若要我拐走右大臣家的小姐，我就去給您拐來。你要我去取奉行的頭——」

我剛說到這裡時，冷不防被踢倒在地。

「混帳！」

甚內罵了一聲，又一如故我的往前走。我發瘋似的抓住他法衣的下襬。

「求求您使喚我。不論出了什麼事，都不會離開您。我願意爲您出生入死，水火不辭。那《伊索寓言》裡不是說，老鼠救了獅王嗎？我想當那隻老鼠。我——」

「住口。甚內不受你這傢伙的恩情。」

甚內把我推開，再一次踢倒在地。

「小混蛋！回去孝敬你爹娘吧。」

我第二次被踢倒時，霎時覺得惱羞成怒。

「你看好了！我一定要報恩。」

但是，甚內頭也不回的，快步踏著雪路離去。不知何時出現的月光，照在竹編的斗笠上……從此之後，兩年來我再也沒有見到甚內。（突然笑了）「甚內不受你這傢伙的恩情」……那個人這麼說。但是，天一亮我就要代替甚內被斬首了。

啊，聖母「馬利亞」！我這兩年爲了報答甚內的恩情，不知道吃了多少苦。爲了報恩？——不是，與其說是恩情，其實我想的是雪恨。但是，甚內在何處？甚內在做些什麼？——有誰知道呢？首先，甚內是個什麼樣的人？——連這一點都沒有人知道。我所遇到的假僧人是個四十歲上下的矮小男人。但是在柳町花街出現的人，不是個二十多歲，紅面長鬚的浪人嗎？在歌舞伎後台鬧事，是個駝背的外國人、劫走妙國寺財寶的，是個留著長瀏海的年輕武士——如果這些傳說都是甚內的話，那麼一般人根本很難分辨他的眞面目。而且，去年底我得了吐血的病。

我一定要報復雪恨——我日益消瘦，但是滿腦子只想著這個念頭。於是，某天晚上突然靈機一動。聖母馬利亞！聖母馬利亞！一定是您的慈恩指點我這個計謀。我只要捨棄我這皮囊，因爲吐血病只剩皮包骨的臭皮囊——只要有這種決心，就能達成我的心願了。那一晚我開心得不得了，一直傻笑著說著同樣的話。——「我要代甚內被殺頭，我要代甚內被殺頭……」

代甚內被殺頭——這是多麼完美的點子啊？這麼一來，甚內的罪當然也就和我一起滅亡了——甚內將可以抬頭挺胸的在廣大的日本國內任意行走。相反的（再度笑了）——相反的，我卻在一夜之間變成絕世少有的大盜。呂宋助左衛門的手下、砍下備前宰相的沉香、利休居士的朋友、騙走邏羅屋的珊瑚樹、打劫伏見城的金庫、砍殺八名參河武士——一切甚內的名聲，盡皆被我搶走了。（第三次笑）也就是說，幫助甚內同時，我也殺了甚內的名字，報答一家恩情的同時，也雪了我心頭之恨。——什麼樣的報復能這麼痛快呢。那一夜我開心之餘，當然也笑個不停。直到今日——在這牢房中，我還是忍不住想笑。

我想出這個計策後，便潛到皇居內偷竊。那時夜色未深的黃昏，竹簾內火影搖曳，松樹間花影繽紛——我還記得看到這些情景，然而，我從長廊的屋頂，跳進沒有人影的庭院時，霎時跑出了四五名侍衛，如我所願的將我抓住。就在這時，制伏我的大鬍子侍衛一面使勁將我捆住，一面自言自語的說：「這次終於將甚內手到擒來。」沒錯，除了阿媽港甚內之外，還有誰會潛入皇居呢？我聽了這句話，雖然一面掙扎，但也忍不住露出了微笑。

「甚內不受你這傢伙的恩情。」——那個人這麼說。但是，等天一亮，我就要代替甚內被殺了。這是多麼愉快的諷刺啊。我的腦袋將掛在那兒，等著他來看。甚內一定會感覺我的腦袋發出無聲的大笑。「彌三郎報恩了，怎麼樣？」——大笑著這麼說著。「你再也不是甚內了。阿媽港甚內是這個腦袋，那個聞名天下、日本最厲害的大盜在這裡！」（笑）。啊，我太開心了，一輩子從來沒有這麼開心過。但是，如果是我父親彌三右衛門看到我的梟首——（苦澀的）請原諒我，父親！我得了吐血的病，就算不殺頭，我也只有三年可活。請原諒我的不孝，雖然我是個敗家子，但是好歹報答了我們一家的恩情了……

——〈報恩記〉，最初發表於雜誌《中央公論》，一九二二年四月號

阿富的貞操

明治元年五月十四日的正午過後。正是發布「官軍明日黎明時分，出兵進攻東叡山彰義隊。上野地區的商家儘快往他處撤離。」——的下午。下谷町二丁目的日用品店，古河屋政兵衛撤退之後，只有一隻公的大花貓，弓著背靜靜蹲在廚房一角的鮑魚殼前。

門窗緊閉的屋裡，即使過了午後，當然還是昏暗一片，完全聽不到人聲，唯一入耳的只有連日的雨聲。雨不時突然傾瀉在看不見的屋頂上，不知何時又遠颺到天空中。每當雨聲變大時，貓的琥珀色眼睛就會變圓，連爐灶都看不清的廚房，唯獨此時看得見詭異的燐光。但是，發現除了嘩嘩的大雨聲之外，沒有任何變化，貓又再度一動也不動的把眼睛瞇成了縫。

這種現象反覆了幾次之後，貓不再睜開眼睛，大概是睡著了吧。但是，雨還是依然下下停停。八點、八點半——時間就在雨聲中漸漸移到日暮。

快七點時，貓像是受驚一般突然睜大眼睛，並且豎起耳朵。然而，雨勢遠比剛才要小得多。除了奔馳在街道上的扛轎聲——其他聽不見任何聲音。然而沉默了幾秒之後，漆黑的廚房不知不覺間亮起了朦朧的光。塞在狹窄木板間的灶，無蓋水瓶的水光，供奉灶神的松枝、氣窗的拉繩——一樣一樣都漸漸清晰起來。貓開始不安的瞪著敞開的門口，慢條斯理的站起肥大的身軀。

這時，打開廚房門的是個淋成落湯雞的乞丐，他不只是開了門，連半身高的拉門都打開了。他把蓋著舊毛巾的頭往前伸，側耳傾聽鴉雀無聲的屋裡有什麼動靜。確定真的沒有人聲後，身上簇新的草蓆留下鮮明的水漬，悄悄的走進廚房。貓平貼著耳朵，向後退了兩三步。但是乞丐不慌不忙，背著手關上了拉門，緩緩拿下頭上的毛巾。他整張臉長滿鬍子，還貼了兩三塊膏藥。雖然蓬頭垢面，五官倒也相當正常。

「小花、小花。」

乞丐一會兒把頭髮擦乾，一會兒抹去臉上的水滴，小聲的叫著貓的名字。貓大概對這個聲音不陌生，平貼的耳朵又恢復正常。然而牠還是佇立在原地，不時用懷疑的眼神打量著他的臉。這其間，乞丐把草蓆脫下，露出兩條滿是泥巴的腿，在貓面前盤腿坐下來。

「小花，怎麼了？這兒一個人都沒有，看來主人把你丟下了。」

乞丐獨自笑笑，伸出大手摸貓的頭。貓作勢要逃，不過卻停下動作，並沒有溜走，反倒是原地坐下，漸漸瞇起眼睛。乞丐不再摸貓，而是從單衣的懷裡拿出一把油亮的手槍。在這朦朧不明的微光中，檢查扳機的狀況。一個乞丐在飄蕩著「戰爭」氣息的空屋廚房裡撥弄手槍——這的確是小說裡才有的難得場面。但是，眼睛微張的貓還是鼓著背，像是看透一切祕密般冷冷的坐著。

「到了明天哪，小花，這一帶就會降下大雨般的子彈哦。若是被打中就沒命了，所以，明天外面不論多吵鬧，你都要在這緣廊下躲一整天哦……」

乞丐一面檢查手槍，不時對貓說話。

「咱們也算是老朋友了。不過今天我就要跟你告別了。明天對你來說是個大凶的日子，我也許明天就死了。就算沒有死，以後也不會跟你搶垃圾堆裡的東西了，你應該很高興吧。」

不久，又下了一陣雨，發出吵雜的聲音。黑雲逼近屋頂，連屋瓦都籠罩在霧氣中。廚房裡的微光比剛才更稀薄了。不過乞丐頭也沒抬，謹慎的給檢查完的手槍裝填子彈。

「你會捨不得我嗎？不，聽說貓連三年的恩情都會忘。我看你也靠不住。——不過，忘不忘都無所謂。只是，如果我不在了之後——」

乞丐猛地住了口，這時有人從廚房外走近的聲響。乞丐把短槍收起來，同時轉過頭去，不只如此，廚房的拉門也在同時嘎啦的打開來。乞丐立刻擺出架式，與闖入者對上眼。

然而，打開拉門的人一看到乞丐，反而大吃一驚，微微「啊」的一聲，那是個光著腳、提著一支大黑傘的年輕女子，她幾乎是反射性的退回剛才進來的雨中。不過她已從最初的驚奇，慢慢恢復了勇氣。藉著廚房的微光，盯視著乞丐的臉。

乞丐大概是嚇了一跳，從舊單衣中豎起一條腿，就這麼眨也不眨的看著對方。不過他的眼中已經看不見剛才那種緊繃的神色。兩人沉默的互相對看了半天。

「我以爲是誰呢，你不是老新嗎？」

她稍稍鎮定，向乞丐招呼說。乞丐咧著嘴笑，向她點了兩三下頭。

「眞是不好意思，因爲雨太大了，所以看到屋裡沒人就進來了。——我並沒有打算趁機偷東西的意思。」

「嚇了我一大跳。眞是的——就算你無意偷東西，未免也太厚臉皮了吧。」

她把傘上的水滴甩了甩，狀似生氣的接著說。

「好了，你從這兒出去吧。我已經回到家了。」

「好，我會走。即使你不趕我我也會走。姐兒你沒有撤退嗎？」

「我撤退了呀。雖然撤了但是——這不關你的事吧？」

「是不是忘了什麼東西。——哎喲，你快進來這兒吧。那邊會淋到雨的。」

她似乎還在生氣，在門口木地板坐下，並沒有回答乞丐的話。然後把腳伸到水流下，用勺子舀水洗腳。乞丐賴皮的盤腿坐著，搓著臉上滿是鬍鬚的下巴，一面盯著女子瞧。她皮膚微黑，鼻子周圍長了雀斑，是個帶著鄉下土氣的女孩。身上的打扮也只是下人才穿的手織棉布單衣，配上小倉織直紋腰帶。不過靈秀的五官、結實的體態有種令人聯想到新鮮桃梨的美感。

「這麼混亂中跑回來取，一定是什麼重要的東西吧。是什麼東西忘了帶走呢？喂，姐兒──阿富。」

老新繼續追問。

「什麼東西關你什麼事呢？你倒是快給我出去吧。」

阿富冷言冷語的回答。不過，她突然想起什麼，抬頭看著老新的臉，一本正經的問：

「老新，你有看到我們家的花貓嗎？」

「花貓？花貓剛才還在這兒。──咦，牠到哪兒去了？」

乞丐環顧四周，貓不知何時已在棚架上的磨缽和鐵鍋之間窩著。阿富忽然與老新同時發現牠的蹤影，立刻丟開勺子，忘了乞丐的存在，爬上木地板。露出開心的微笑，呼喚著棚架上的貓。

老新的眼光從昏暗棚架上的貓，不可置信的轉向阿富。

「姐兒你忘了帶走的東西，是貓嗎？」

「帶貓有什麼不對嗎？——小花、小花，快下來。」

老新噗哧一笑，笑聲在響亮的雨聲中形成幾乎令人發毛的回聲。阿富再次氣呼呼的脹紅了臉，倏地對老新罵道。

「有什麼好笑？我家主母忘了把小花帶走，急得都快瘋了。擔心小花會不會被人殺了，天天以淚洗面。我看她哭得可憐，所以這才特地冒雨回來找牠——」

「好了好了，我不笑了。」

老新嘴上說了不笑，但還是笑嘻嘻的打斷阿富的話。

「我眞的不笑了。不過，你想想看，明天『戰爭』就要開始了。只不過是一隻小貓——怎麼想都很奇怪吧。即使你有你的職責，但是哪兒有見過像你們主母這麼不明事理的小氣鬼哪。第一，爲了找那隻花貓……」

「住嘴！我不想聽你說主母的壞話。」

阿富氣得快要跺起腳來，不過，乞丐對她的惱火竟然並不驚訝。不只如此，他的視線還肆無忌憚的朝她上下打量，老實說這時候的她便是野性美的化身，被雨淋濕的長衫和纏腰巾——不論哪個部位都緊貼著肌膚，赤裸的描繪出體態，而且，一眼就感覺得出那是具年輕的處女肉體。老新緊盯著她，邊笑邊繼續說：

「第一，我眞是不懂她爲什麼要派你來找那花貓。你說，我說的不對嗎？現在上野這一帶，所有人家都撤退了呀。看上去雖然比屋連甍的，但是跟無人的荒野沒什麼兩樣。雖然不至於有狼出沒，但是有可能遇到什麼危險——我說的不對嗎？」

「你不用多管閒事，趕快把貓給我抓下來吧——而且『戰爭』又還沒有開始，有什麼好危險的。」

「這可不是開玩笑。年輕姑娘獨自走在街上，這種時候不危險，還有什麼叫危險？不說其他，這兒只有你跟我兩個人，萬一我要起了什麼怪念頭，姐兒你要怎麼辦？」

漸漸的，老新的口氣已經分不出是在打趣還是認眞。但是，阿富清亮的眼神看不出一絲害怕的影子。

只不過她的臉頰比剛才更加紅潤。

「怎麼？老新，你想嚇唬我嗎？」

阿富朝老新的方向跨出一步，彷彿想威脅對方。

「嚇唬？光只是嚇唬有什麼關係？現在這世道滿街都是肩頭繡著肩章、作風卑劣的人哪。更何況，我是個乞丐，我可不只會嚇唬人，若是心裡起了什麼邪念的話……」

老新話還沒說完，頭頂就被敲了好幾下，那阿富不知什麼時候，已經來到他面前，舉起大黑傘打的。

「你少胡說八道！」

阿富又拿起傘使勁往老新的頭打去。老新立刻閃身想躲，雨傘打中他舊單衣的肩頭。花貓被這番聲響嚇到，踢落了一個鐵鍋，跳到灶神台上。同時，供奉灶神的松板和油燈碟，也掉到老新身上。在老新好不容易翻身起來前，阿富的傘又朝他打了好幾下。

「你這個畜生！你這個畜生！」

阿富不斷揮著傘，老新雖然被打，但也趁機將傘搶了過去。不只如此，他把傘丟出去便猛地向阿富撲去。兩人在窄小的木地板上扭打了一陣。就在他們激烈拉扯時，廚房的屋頂又響起激烈的落雨聲。隨著雨聲漸大，光線也越來越昏暗。老新儘管被阿富又打又抓，還是不管三七二十一的想把阿富制服在地上。但是失手了幾次，好不容易才要讓她就範時，他突然跳起來，往門口衝去。

「你這個臭婆娘！……」

老新靠在拉門上，定睛瞪著阿富。阿富不知何時髮髻散開，筋疲力竭的癱坐在木地板，倒握著她從腰帶中抽出來的剃刀。這姿態既帶著殺氣，但又有種異樣的妖豔，與那隻弓起背站在灶神台上的貓有些相似。兩人一聲不響的打量著對方的眼睛，然而一秒之後，老新刻意露出冷笑，從懷裡拿出剛才的手槍。

「好啊，看你再怎麼掙扎。」

手槍的槍口緩緩對準阿富的胸口。即使如此，她還是不服氣的注視著老新的臉，一句話也不說。老新見她不吵不鬧，似乎又轉了個念頭，將槍口朝上，對著昏暗中隱約看見琥珀色的貓眼。

「你聽我說，阿富，——」

老新含笑的聲音像在逗弄阿富。

「這把手槍只要砰的一聲，那隻貓就會翻身摔下來。你也會是一樣，這樣好嗎？」

他似乎已把扳機扣上。

「老新！」

阿富突然出聲。

「不行，你不能打牠。」

老新把眼光移向阿富，但是，手槍的槍口還是對準了花貓。

「我當然知道不行。」

「打死牠太可憐了。求求你別殺了牠。」

阿富變了個樣子，她眼神充滿了擔憂，顫抖的唇間看得到小巧整齊的牙齒。老新半帶嘲弄，半是訝異的凝視著她的臉，勉強放下了手槍。同一時間，阿富的臉上也露出鬆了口氣的神色。

「那我就饒了那貓，不過，——」

老新倨傲的說：

「不過，你的身子要借我用一用。」

阿富瞥開眼睛，一瞬間憎恨、憤怒、厭惡、悲哀和其他許多情緒，在她的心頭攪動燃燒起來。老新警戒的目光看著她的變化，一面橫移到她身後，打開茶室的拉門。茶室的光線，當然又比廚房更暗淡。但是，撤離後的痕跡，像是棄置的茶櫃和長火缽都清晰可見。老新佇立在原地，目光落在阿富的領口，微微滲出汗來。阿富似乎感受到他的眼光，扭過身，抬頭看著背後的老新。她的臉不知何時又回復到剛才活潑的神情。但是老新反倒驚慌似的，不自在的眨了眨眼，又把槍瞄準了貓。

「不要啊，不是叫你別殺牠嗎——」

阿富阻止他的同時，手中的剃刀跌落在木地板上。

「要我不開槍的話，就到那邊去。」

老新臉上浮起笑意。

「討厭！」

阿富冷冷的嘟囔著。但還是猛地站起來，像個嘔氣的女子般，快步走到茶室去。老新見她這麼快就放棄掙扎，多少有些吃驚的樣子。雨聲這時越來越小，而且雲裡透出了些許夕陽的光，微暗的廚房漸漸明亮了起來。老新站在中間，聆聽著茶室裡的動靜。解開小倉織腰帶的聲音，躺在草蓆上的聲音——然後茶室便再也沒有聲響了。

老新躊躇了一會兒後，走進微亮的茶室。阿富獨自用袖子遮住臉，仰面躺在茶室的正中央。老新一見到這景象，瞬即逃回廚房。他的臉上充滿了難以形容的複雜表情，那神情看起來既像是厭惡，又像是羞愧。他走回木地板，但還是背對著茶室，突然苦笑起來。

「我開玩笑的。阿富，開玩笑的啦。你可以出來了……」

——幾分鐘後，阿富懷裡抱著貓，一手拿著傘，與鋪著破草蓆的老新，輕鬆的聊起天。

「姐兒，我有點事想問你。——」

老新好像還很難爲情似的，不敢看阿富的臉。

「問什麼？」

「不是什麼大事——我是說，委身與人不是女子一生的大事嗎，可是阿富你卻用它來換那隻貓的性命，這不是太胡來了嗎？」

老新驀然閉上嘴，阿富面帶笑容，呵護著懷裡的貓。

「你就那麼疼這隻貓啊？」

「因爲小花很可愛呀。——」

阿富含糊其詞的回答。

「還是像附近的人讚賞你的，對主人特別忠誠。如果小花被打死了，會覺得愧對主人——難道你是擔心這一層？」

「對呀，小花很可愛，主母的命令也很重要。可是，我不過是——」

阿富微傾著頭，露出深思的眼神。

「我也不太會說。只是那時候如果不那麼做，總覺得心裡過不去。」

——又過了幾分鐘後，只剩下老新一人，抱著舊單衣的膝蓋，坐在廚房裡發呆。暮色在稀稀落落的雨聲中，漸漸向此地近逼。雨窗的拉繩、水流邊的水瓶——這些東西都漸漸模糊不見了。這時上野的鐘聲在一朵雨雲的掩蓋中，開始擴散出窒悶的聲音。老新被這鐘聲驚醒似的，悄悄環顧四周。然後摸索著走到水流下，用勺子舀起水來。

「我村上新三郎、源氏的繁光，今天算栽了跟頭了。」

他如此咕噥著，香甜似的喝起黃昏的水。

明治二十三年三月二十六日，阿富與丈夫帶著三個孩子，走在上野的廣小路上。

那一天，第是第三屆內國博覽會在竹之台舉行開幕儀式的日子。而且，黑門[1]附近的櫻花也大都開了，因此廣小路的走道全都擠滿了人。而參加完開幕式的馬車和人力車的隊伍，從上野川流不息的往廣小路駛來。前田正名、田口卯吉、澀澤榮一、辻新次、岡倉覺三、下條正雄——馬車或人力車上的客人也混入了這些名人。

丈夫抱著快五歲的二兒子，讓大兒子抓著衣角，一路閃躲著眼花繚亂的街頭人潮，不時擔心的回頭看看後面的阿富。阿富牽著大女兒的手，一見到丈夫回頭就衝著他笑。當然，二十年的歲月也增添了她的老態。但是眼中清亮光芒還是一如往昔。明治四、五年時，她與古河屋政兵衛的外甥，也就是現在的丈夫成親。丈夫那時在橫濱開了一家小鐘錶店，現在搬到銀座的某丁目……

阿富猛地抬眼，這時，剛好一輛雙頭馬車裡，坐著悠然自在的老新。老新——雖然現在的他，身上掛滿了各種各樣的名譽標章，不論是插著駝鳥羽毛的頭盔，還是威風凜凜的金絲飾繩，和大大小小的勳章，但是半白的鬍髯間瞧著自己的赤紅臉頰，無疑就是

1黑門：因州池田家大名在上野府邸的正門。

多年前的乞丐。阿富不覺放慢了腳步，但是她一點兒也不吃驚。老新不是一般的乞丐——她早就了然於心。是長相嗎？還是談吐？還是他帶的手槍，總之，她就是知道。阿富目不轉睛的望著老新的臉，連眉頭也沒動一下。老新不知是故意還是湊巧，也望著她的臉。二十年前那個雨天的記憶，在這一剎那間，清晰得近乎傷感的浮現在阿富的心中。那一天爲了搭救一隻貓，她不經思索的決意獻身給老新。動機是什麼——她不知道。老新亦在這樣的窘境下，沒有染指她獻出的身體，他的動機是什麼——她也不知道。然而，儘管不知道，但這些對阿富來說，都是再自然不過的事。與馬車擦身而過時，她不知爲何有種輕鬆舒暢的感受。

老新的馬車通過後，丈夫又從人潮中回頭看阿富，她也還是一樣，一看到丈夫的臉便衝著他笑，活潑而開心的，彷彿什麼事也沒發生過……

——〈阿富的貞操〉，最初發表於雜誌《改造》，一九二二年五月號、九月號

猿蟹合戰[1]

螃蟹終於向奪走飯團的猴子復仇雪恨，他們糾同石臼、蜜蜂、和雞蛋，殺死了宿仇猴子。——這段故事現在已無需贅述。不過，倒是有必要解說一下螃蟹復仇成功之後，他們和夥伴們遭遇什麼樣的命運，因爲童話故事裡完全都沒提到這件事。

豈止是沒提到，甚至就像是如同回到過去太平安樂的生活一般，螃蟹回了洞穴中，石臼待在廚房土地間一角，蜜蜂飛回屋簷下的蜂巢，雞蛋待在鋪著稻殼的木箱裡。

但是，這些都是虛僞的謊言，他們報了仇之後，就被警方逮捕，悉數關進監獄裡，而且經過一再審判的結果，宣判主嫌螃蟹死刑，石臼、蜜蜂、雞蛋等共犯則被處以無期

1 猿蟹合戰是日本民間傳説，敘述狡猾的猴子欺騙了螃蟹，螃蟹成功報仇的故事。

徒刑。只聽過童話故事的讀者，也許對他們這種命運感到訝異不解。但是，這就是事實，毋庸置疑的事實。

依螃蟹自己的供詞，他用飯團交換柿子。但是猴子並沒有給他熟柿子，只給他澀柿子，而且還刻意朝他身上丟，似乎想要傷害螃蟹。但是，螃蟹與猴子之間並沒有簽署合約，好，就算不追究這部分，但是雖然說好用飯團交換柿子，卻沒有特別強調熟柿子。結果猴子向他丟澀柿子，究竟是否懷有惡意，這部分的證據不足。所以，為螃蟹辯護，以巧言善辯聞名的某律師，除了向法官乞求同情之外，也想不出什麼計策。那位律師同情的擦去螃蟹的泡沫，說「放棄吧」。雖然這句「放棄吧」到底是針對死刑宣判，還是叫他別在乎被律師訛走一大筆錢，沒有人能說個準。

而且，新聞雜誌的輿論也一面倒的並不同情螃蟹。螃蟹殺了猴子只是私怨的結果，而且這種私怨，難道不是因為自己的無知與輕率，讓猴子得了好處，才憤憤不平嗎？在優勝劣敗的世界發洩這種私怨，他不是笨蛋就是瘋子。——輿論大多是這種批評，實際上，某位擔任商會會長的男爵也大致抱持這種意見，斷定螃蟹殺猴多少受到現下流行的危險思想所影響。也許是因爲這樣，自從螃蟹仇殺事件之後，某男爵除了聘用壯士護衛之外，還養了十隻牛頭犬。

再者，在所謂的學者之間，螃蟹的仇殺也完全得不到支持。身爲大學教授的某博士從倫理學上的觀點，認爲螃蟹殺猴乃是出於復仇的意圖，復仇很難稱爲善行。此外，某社會主義的領袖則認爲，螃蟹太看重柿子或飯團等私有財產，所以和石臼、蜜蜂、雞蛋都具有反動的思想吧。而據說國粹會[2]可能也在背後火上加油。此外，佛教某派宗師認爲螃蟹不懂佛的慈悲心。若是他慈悲爲懷，即使對方向他丟澀柿子，對猴子的所作所爲便不會憎恨，反倒應該憐憫才是。「唉，眞想讓他聽聽我的教誨，哪怕就一次也好。」此外，各界名士都有諸多批判，全都是不贊同螃蟹仇殺的聲音。其中只有一人爲螃蟹爭口氣，那是某位酒豪兼詩人的議員。議員說，螃蟹的尋仇與武士道精神一致。但是，這種落伍的論調，應該沒有人當回事，不僅如此，根據報上的八卦報導，那位議員是因爲幾年前參觀動物園時被猴子撒尿而懷恨在心。

2國粹會：第一次世界大戰後以賭博業者、建築業者為主幹所成立的右翼團體。

只聽過童話故事的讀者，也許會爲螃蟹悲慘的命運一掬同情之淚，但是，螃蟹死得其所，同情他的不過是婦孺之輩的多愁善感。世人皆認爲螃蟹死得公道。事實上，執行死刑那一晚，法官、檢察官、律師、看守、死刑執行者、教誨師等都睡飽了四十八小時，而且都在夢中看見了天國的大門。據他們的說法，天國是長得像封建時代城堡的百貨公司。

至於螃蟹死後，他的家人又如何？這一點也該稍提一下。螃蟹的妻子成了賣笑女，下海的動機是貧困還是她本身性格使然，不得而知。螃蟹的長子在父親死後，用新聞雜誌的講法來說，就是「幡然悔悟」，現在據說在一家證券公司當個領班什麼的。這隻螃蟹有時會將受傷的同伴拖進自己的洞穴，吃同類的肉。在克魯泡特金[3]的互助論中引用螃蟹同類相殘的實例，指的就是這隻螃蟹。螃蟹次子成了小說家，當然，因爲他是個小說家，除了泡女人之外什麼也不做，只是他會以父親的一生爲例，隨便寫些「善是惡的別稱」等諷刺文。老三是個笨蛋，除了當螃蟹，一事無成。他只要橫著走，就會掉飯團。飯團是他的最愛，他用大大的鉗子撿起這個收穫，而高高的柿子樹上，坐著一隻猴子正在抓虱子——接下來的情節就不必說了吧。

總而言之，與猴子爭鬥的結果，最後螃蟹必定爲天下所殺，只有這一點是事實。有句話要給世上的讀者，你們大多都是螃蟹哦。

——〈猿蟹合戰〉，最初發表於雜誌《婦人公論》，一九二三年三月號

3克魯泡特金（一八四二—一九二一），俄國作家、思想家，致力於提倡無政府共產主義。互助論為他提出的一套由互助交換為主的經濟體系。

死後

我有個習慣，上了床之後，若不讀幾本書就睡不著。不只如此，就算讀了再多書也睡不著的情形也不少見。所以我的枕邊總是放著讀書用的檯燈和阿達林藥瓶[1]。那天晚上，我也一如往常帶了兩三本書鑽進蚊帳，打開枕邊的檯燈。

「幾點了？」

身旁已經睡了一回的妻說。妻的手臂墊著寶寶的頭，側躺著望著我。

「三點。」

「已經三點啦，我以爲才一點多呢。」

我隨便應了一聲，不想繼續聊這個話題。

「吵死了，吵死了，安靜睡覺。」妻模仿我的語氣，小聲的咯咯笑，過沒多久，她把鼻子頂著寶寶的頭，靜靜的睡著了。

我維持面對她的姿勢，讀起一本叫《說教因緣除睡鈔》的書。這是享保年間的僧人收集了八卷中日天竺故事的散文集，不過，別說有趣了，連珍奇的故事都很少見。我讀著君臣、父母、夫妻等五倫故事，漸漸產生了睡意。於是關了枕邊的檯燈，立刻走入夢想。——

在夢中，我與S一起走在酷熱的街頭。鋪著小石子的步道勉強只有六尺到九尺寬[2]，而且每一家都張掛著卡其色的遮陽棚。

「沒想到你會死。」

S搖著扇子對我說，那種口氣像是雖然同情，但又不願意這種心情表露出來。

「你本來看起來很長壽呢。」

1阿達林藥瓶；安眠鎮痛藥。
2約一點八至二點七公尺。

「會嗎？」

「我們大家都這麼說呀。我想想，你比我小五歲吧。」S折手指算著，「三十四？才三十四就死了。」——說到這兒，他突然住了口。

「工作不是才剛開始嗎？」

我並不覺得死了有什麼遺憾，但是不知爲何在S面前，卻覺得不好意思。

S再次試探的說。

「太太呢？」

「嗯，剛開始寫一個長篇。」

「她很好。孩子最近也都沒病沒痛。」

「那眞是萬幸。像我，也不知道什麼時候會死。」

我稍微瞄了一下S的臉。果然S還是慶幸死的是我，不是他自己。——很明顯感覺得出來。而S在那一刻也感覺到我的心思，板起臉孔閉口不言。

靜默的走了一陣子，S舉著扇子遮擋太陽，走到了一家大罐頭店。

「那麼，我失陪了。」

昏暗的罐頭店裡放了幾盆白菊。我朝那店掃了幾眼時，不知怎地想到：「哦，S的家原來是青木堂的分店。」

「你和令尊一起住？」

「對啊，前一陣子開始。」

「好的，回頭見。」

我與S告別之後，立刻在下一個巷子轉彎。巷口轉角的櫥窗裡擺著一台風琴。風琴側面的木板拆掉了，可以看得到內部，而且內部立著幾支青竹筒。我看見時心想「原來如此，用竹筒應該不錯。」然後——不知不覺，我站在自己家門前。

老舊低矮的小門和黑牆與平常無異，不只，連門上葉櫻的樹枝也一如昨天所見。然而，新的門牌上寫著「櫛部寓」。我望著這個門牌，眞實的感受到自己的死亡。但是，別說是穿門而過，就算上了玄關走進屋裡，也全然沒有罪惡感。

妻坐在茶室的緣廊，正在製作竹片鎧甲，因此妻的四周全是曬乾的竹片。然而放在她腿上的鎧甲，只有一片草摺[3]和胴甲。

「孩子呢？」我坐下來問道。

「昨天和姑姑、奶奶一起去鵠沼了。」

「爺爺呢？」

「爺爺大概去銀行吧。」

「所以，家裡沒人？」

「嗯，只有我和靜彌。」

妻低著頭將針穿過竹片，但是，我從她的聲音立刻知道妻在說謊，所以拉高了語調說：

「可是你不是掛上櫛部寓的門牌了嗎？」

妻吃驚的仰望我的臉，她的眼中帶著每次被罵時那種不知所措的表情。

「你改嫁了吧？」

「嗯。」

「那麼，那個人也在嘍？」

「嗯。」

妻垂頭喪氣，盡顧著擺弄竹片鎧甲。

「那也沒什麼關係，反正我已經死了——」

我帶著自我安慰似的說。

「而且你還年輕，所以你要另嫁，也無可厚非。只是，那個人如果不值得託付的話……」

妻再次仰望我的臉，我注視著她的臉時，感覺到已經無法挽回了，同時我自己的臉上也漸漸失去了血色。

「那個人不是什麼正經人吧？」

「我覺得他不是壞人……」

但是，我心裡明白，妻自己並不尊敬那個姓櫛部的人。那麼，爲什麼要跟那種人結

3草摺：連接在胴甲下方的防護。

婚呢？就算這點可以原諒，但是妻對那個櫛部的卑劣，反而表現得欣然接受——我實在沒辦法不生氣。

「那人有資格當孩子的爸爸？」

「你怎麼這麼問……」

「不行，你再辯解也沒用。」

在我怒吼之前，妻已用衣角摀住臉，肩頭抖動起來。

「你真是傻瓜！這樣我如何死得瞑目。」

我再也忍耐不下去，撇下她走進書房。書房門上的橫梁掛了一把消防鉤，鉤柄上了黑與紅色的漆，不知道是誰的——我一面回想，不知不覺我已不在書房或其他地方，而是走在枸橘樹籬旁的道路。

路上已經接近傍晚，不只如此，鋪在道路的煤渣已被霧雨或露水浸濕。我心中餘恨未消，盡可能越走越快。但是不管走了多遠，枸橘樹籬依然長長的延伸到我的去路盡頭。

我自然的醒來。妻與寶寶依然靜靜沉睡著。但是，天已漸漸發白，遠處樹梢傳來的蟬聲，讓人莫名的平靜。我聽著那聲音，擔心明天（其實已經是今天）精神疲倦，想再多睡一會兒。但再度入眠不只是難，而且剛才的夢還歷歷在目。夢中妻子擔任的是可憐卻難以怨恨的角色。S在現實中也許就是那德性。我嘛——我對妻子成了可怕的利己主義者。尤其是如果我自己與夢中的我性格相同的話，那就是更嚴重的利己主義者。而且我自己與夢中的我未必不同。一爲了好好睡覺，二爲了避免病態的良心亢進，我吞下〇．五克的阿達林錠，昏昏沉沉的陷入睡眠中。

——〈死後〉，最初發表於雜誌《改造》，一九二五年九月號

國家圖書館出版品預行編目資料

羅生門：芥川龍之介小說選 / 芥川龍之介著；陳嫺若譯. -- 初版. --
臺中市：好讀, 2020.11　面；　公分. -- (典藏經典；136)

譯自：芥川龍之介の短編小説

ISBN 978-986-178-529-5(平裝)

861.57　　　　　　　　　　109015819

好讀出版

典藏經典136

羅生門：芥川龍之介小說選

作　　者／芥川龍之介
翻　　譯／陳嫺若
總 編 輯／鄧茵茵
文字編輯／莊銘桓
行銷企劃／劉恩綺
發 行 所／好讀出版有限公司
　　　　　台中市407西屯區工業30路1號
　　　　　台中市407西屯區大有街13號（編輯部）
TEL:04-23157795 FAX:04-23144188 http://howdo.morningstar.com.tw
（如對本書編輯或內容有意見，請來電或上網告訴我們）
法律顧問　陳思成律師

讀者服務專線／TEL：02-23672044 / 04-23595819#212
讀者傳真專線／FAX：02-23635741 / 04-23595493
讀者專用信箱／E-mail：service@morningstar.com.tw
網路書店／http：//www.morningstar.com.tw
郵政劃撥／15060393（知己圖書股份有限公司）
印刷／上好印刷股份有限公司
如有破損或裝訂錯誤，請寄回知己圖書更換

初版／西元2020年11月15日
初版二刷／西元2023年2月15日
定價：320元

Published by How-Do Publishing Co., Ltd.
2023 Printed in Taiwan

ISBN 978-986-178-529-5